阳光文库

冯剑华 —— 著

冯剑华自选集

黄河出版传媒集团
阳光出版社

图书在版编目（CIP）数据

冯剑华自选集 / 冯剑华著. -- 银川：阳光出版社，
2024. 7. -- （阳光文库）. -- ISBN 978-7-5525-7402
-9

Ⅰ. I217.2
中国国家版本馆CIP数据核字第2024N7X554号

冯剑华自选集　　　　　　　　　　　　　　冯剑华　著

责任编辑　薛　雪　申　佳
封面设计　晨　皓
责任印制　岳建宁

黄河出版传媒集团
阳　光　出　版　社　出版发行

出 版 人　薛文斌
地　　址　宁夏银川市北京东路139号出版大厦 （750001）
网　　址　http：//www.ygchbs.com
网上书店　http：//shop129132959.taobao.com
电子信箱　yangguangchubanshe@163.com
邮购电话　0951-5047283
经　　销　全国新华书店
印刷装订　三河市嵩川印刷有限公司
印刷委托书号　（宁）0030179

开　　本　710 mm×1000 mm　1/16
印　　张　14
字　　数　180千字
版　　次　2024年7月第1版
印　　次　2024年7月第1次印刷
书　　号　ISBN 978-7-5525-7402-9
定　　价　52.00元

目 录

卷一　散文

塞上行

六月初，塞上正是好时光。

一行四人，偕纽约大学教授、美籍华人李欧梵先生，做塞上行。

出南门，渐行郊外。道路笔直，宽阔平坦。雪白的分道线，抽丝般向车下急速卷来。两旁树木，拱成穹形长廊，于浓绿中心处，留细细长长，一线蓝天。

隔窗望去，天蓝得洁净，地绿得葱郁。

正在秀穗的麦田，一片银银的绿；插秧不久的稻田，一派嫩嫩的绿；无边无际的芦苇荡，是浓得抹不开的绿。绿了田野，绿了小渠，绿了村落，绿了公路。也染绿了六月的小风，染绿了六月的空气。

芦苇荡上，有三两点白鸟翻飞；绿野之中，见四五个农人耕作。着红衫的农家女，如点睛之笔，勾画出"万绿丛中一点红"的美妙画卷。村舍旁，老奶奶坐在桑树荫里搓毛线，光屁股儿童在渠沟里戏水。

"巡洋舰"驶在绿色海洋中，驶在塞上农乐图里。

久居海外的教授喟然慨叹："说出来不怕诸位见怪，在大洋彼岸，我只当宁夏是个满目黄沙、六月飞雪的蛮荒之地，没承想却是这般富庶秀美。真是塞上江南，塞上江南呀！"

进入县乡公路，两旁风光依然，路，却明显窄狭起来。车辆人畜，也渐行渐多。

今天正逢集日。

装满货物的大卡车，坐满乘客的大轿车，沉重笨拙的拖拉机，灵活机动的小手扶，当然还少不了当时中国人主要的交通工具——自行车，在窄狭的公路上，你来我往，挤挤拥拥。汽车喇叭声，此伏彼起；拖拉机的"突突"声，振聋发聩。热闹固然热闹矣，却少了几分宽松从容。

有车中同行者，顺口念民谣一则："大老爷摇摇晃晃，二老爷横冲直撞，三老爷机动灵活，四老爷见空就上。"

四人会意，击掌大笑。唯教授四顾茫然，不知所言者何物。

念民谣者便详加解释，大老爷者，拖拉机也；二老爷者，大汽车也；三老爷，是小手扶；四老爷，就是自行车了。教授恍然，再看眼前景象，忍俊不禁，为这民间幽默叫绝。

我心中怦然一动：若在前些年，此等民谣，岂是可以在外人面前随便念得的？然时至今日，实话已可以让人说，实情已可以让人看，这便是大大地前进了一步。唯愿终有一日，四位"老爷"各行其道，互不干扰。

塞上行，不可不去青铜峡。

青铜峡大坝，把黄河水拦腰一截，截出方圆几十公里的一个库区来。

登上游艇，逆流而上。

但见两岸群峰列阵，似在欢迎劈山过峡、远道而来的黄河。山上岩石，层层相复，线条甚是清晰明朗。它们或如架上图书，摞得整整齐齐；或一波三折，呈一派曲线美，使人想到大自然造化的奇妙。山上有一百零八塔，据传为穆桂英点将台。

正行间，眼前豁然明亮，游艇，已从峡谷间钻了出来。

黄河，宛如卸掉盔甲的战士，一下子变得无拘无束、宽袍大袖起来。它东枕牛首山，西向塞上平原，侧卧小憩。河水坦坦荡荡，洋洋洒洒，十分舒缓闲适。

黄河岸边，是绿茸茸的草滩。雪白的羊，枣红的马，黑白相间的牛，撒落在绿草丛中。一两只毛驴，凝望着河水，一副深思熟虑、莫测高深的模样。有渔人的窝棚，掩映在芦苇滩上。

"天苍苍，野茫茫，风吹草低见牛羊"，写尽了眼前风光，只是少了几分苍凉，多了几分秀美。

一时间，众人竟然无话。久居宁夏却不知塞上有如此景色，心中暗叫惭愧。有顷，方醒悟过来，纷纷举起相机，拍下岸边绿草，拍下草中牛羊，拍下掠过的飞鸟，留下一个永远美好的记忆。

塞上行，最后一站，是沙坡头。

腾格里沙漠，自天边奔腾咆哮而来。至此，却戛然而止——滔滔黄河，截断它的去路。于是，它便如一匹被猛勒缰绳的奔马，陡然立在黄河西岸，留下一排高高陡陡的沙山。

由沙山顶端下滑，若是晴天好太阳，便有隆隆之声，如天边远雷，如汽车发动，自沙山里面传出，这就是著名的沙坡鸣钟了。

我们来得早了点，太阳刚刚露头。众人齐心合力，拼命下滑，终于听到一丝响声。远客不免连称遗憾。

沙山下面，便是黄河。

自然要坐羊皮筏子。

看人坐羊皮筏子，觉得十分浪漫有趣，身临其间，却全忘了那份潇洒。从木棍和羊皮的缝隙里，看黄河水从身下流过，心中不免惴然，再三再四叮嘱划筏的老乡：慢点！小心点！可见叶公好龙者，世上众矣。

筏子划近中流，上一沙洲，遍地五颜六色、形状各异的鹅卵石。

一人带头，纷纷响应，都捡那圆而且薄的鹅卵石。打水漂儿。一点、两点、三点，那一圈一圈螺纹，似乎一下子把时光转回来几十年，眼前的人，似乎都不是教授、作家或别的什么了，从那水漂儿里，人们听到了童年的声音，看到童年的身影。

人们常把黄河唤作母亲河，在母亲面前，哪怕你已七老八十，哪怕你浪迹天涯，哪怕你功成名就，你不永远是母亲的孩子吗？

客人拿出一个小瓶，单腿跪下，俯向黄河，灌了一瓶水，说："我们要把这瓶黄河水带回美国去，放在案头上。"

海原二题

南华山

出海原县城向南，不远，便进了南华山。路两边是茂密的芨芨草，山坡上长着不甚多的灌木。进山不久，路便陡峭起来。一个一个的急转弯，一个一个的大上坡，画着"之"字向山顶猛猛地盘了过去。不时见几只呱呱鸡，在公路上悠闲地散步。汽车过来了，犹如不见，一副闲庭信步、见惯不惊的从容，直待汽车很近了，才嘎的一下飞起，钻入路旁的芨芨草丛里。车载着人的笑声爬到山顶。这里已是海拔两千米的高度了。站在山顶放眼望去，但觉天高地阔，一览众山小。清风徐徐，一瞬间便荡尽了胸中尘烦。对面一幅宽宽大大的山坡，缓缓起伏，线条极是柔美。山坡上草嫩嫩茸茸地绿着，雪白的羊群散布在嫩嫩茸茸的绿草上，像是天上的白云，更像是一池碧水中朵朵洁白的莲花。曾听说南华山本名"莲花山"，这"莲花"二字莫不是由此而来？一面绿坡，坡上白羊，看呆了车上人，道是如此美景，令人心醉。便有人言道，山中还有更美处。

更美处是南华山林场。

去林场的路极为险峻，一边是高高的山，一边是深深的沟，山与沟都刀劈斧剁一般地壁立着，车便在山与沟之间窄窄的石子路上随着一个紧接着一个的急转弯蜿蜒行进。

林场藏在山深处，林场果然美得醉人。

林场之美，全在一个绿字，时值五月，正是暮春，满山满坡的白桦树一片嫩嫩的绿。三月的绿稍嫌单薄，七月的绿太过老到，只有五月的绿，比三月饱满丰润，较七月年轻鲜活。十八女儿一般，青春年少，惹人怜爱。一派嫩嫩的绿色之中，穿插着一棵棵深绿色的塔松，像是文章中的标点，像是乐句中的休止符，给满山绿色凭空增添了层次感、韵律感。深深浅浅的绿色从山顶漫过山坡，流到山脚，在沟底汇作一条绿色的山泉，清清亮亮地绕山流淌着。绿的山、绿的坡、绿的泉、绿的水，染绿了山间的微风，染绿了空中的阳光，有薄荷的清香在绿色中若隐若现。有一声两声鸟鸣，自绿色中脆脆滴落。一时间，使人如沉绿海，如饮绿醅，人便醉了，道是：人在山中便是仙。若得茅屋半间，薄地两亩，岂不是神仙过的日子？

山中果然有人，他们有茅屋薄地，却无神仙的浪漫，他们是林场的工人。一年三百六十五天，无论酷暑严冬，无论雨雪风霜，他们种草种树，护林防火，每一棵树，每一株草，都是他们辛辛苦苦栽培起来的，满山满坡的绿色，是一代又一代林业工人的汗水染成的。面对着他们被山风吹得皲裂、被烈日蒸烤得黑黢黢的脸膛，一股敬意油然而生。握一握他们布满老茧的大手，道一声珍重。车动了，人远了，再看他们，已与满山满坡绿色融为一片。

才知道，南华山之美，美在了哪里。

柳州城

柳州城，据传是第一个称帝的西夏王李元昊的行宫。民间传说李元昊选海原女子为妃，遂在海原建此行宫。

柳州城，在今海原县城西南约五公里处。

暮春时节，一行人来访柳州城。

远远地，便见一段土筑城墙，虽经千年风雨剥蚀，仍依稀可见当年的高大巍峨。登上城墙，眼前豁然一亮——四四方方好大的一座城池，城墙内，春水般汪满绿油油的麦苗，风过处，便有细细的绿浪在麦田上轻轻漾起。如果不看四周古老的城墙，这蓝天丽日绿野很难让人有地老天荒之慨，然而只需在麦田中走上几步，便看见了历史。田埂上一堆一堆圆形方形的，是千年前砌墙垒院的石块。麦田中，黑瓷大碗的碗底，上着黄釉的缸沿，豆青色细腻滑润的瓷片，布纹清晰可辨的破瓦片，俯拾皆是。有懂行者讲道，那黑色的是西夏本地土窑烧就，而那豆青色的细瓷片，则是宋时颇有名气的耀州古瓷。还有破瓦缸沿等，都是当时宋、辽、金等地物产。

满地的残砖破瓦标示着千年前的兴盛繁华。西夏，公元1038年立国，与宋、辽、金处于同一时代，历时190年之久。最强盛时，它的势力范围扩大到今青海的西宁、新疆的哈密，著名的丝绸之路也在西夏控制之中。西夏统治者大力招揽各种人才，尤其对汉族怀才不遇的知识分子、文臣武将，"或授以将帅，或任之公卿"。并在农业生产、工业品制造及科举制度等各方面向当时地处中原、最先进的宋朝学习。当时的西夏，国力强盛，可与最强大的宋朝抗衡，"西掠吐蕃健马，北收回鹘锐兵"。一代天骄成吉思汗，可以长驱直入花剌子模（今中亚、伊朗、阿富汗一带），越过高加索山，进入顿河流域，攻战伏尔加河，威震欧亚。然而他征服西夏时，并不是所向披靡，战无不胜，先后攻打六次，才终于把西夏消灭。有一种传说，成吉思汗就是在与西夏作战时，兵败六盘山，死于军中。因怕军心涣散，秘不发丧，直待儿子匆匆赶来才马革裹尸，运回草原。传说不是史实，未必准确，但成吉思汗对西夏格外仇视却是千真万确的，这从他平了西夏之后，便不分老弱妇孺一律斩尽杀绝，连能够记载一国大事的史料也不给留下这种做法中，便可以看得出来。二十四史，有宋史、金史、辽史，与宋、辽、金同时的西夏却无只字片纸的记载。西夏因此更显神秘，也因此给想象提供了驰骋的天地。

想象中，李元昊该是高大雄壮、叱咤风云的一代英杰；想象中，半农半牧的西夏该是水草丰美、嘉禾满野。辽阔的疆土上，驰过荷戟持戈的兵马；丝绸之路上，走过驼铃叮当来自遥远西域的商队。李元昊的朝班中，立着身穿汉袍的中土人士，没准还有个把金发碧眼的波斯人。柳州城既为行宫，想来也是殿宇雄伟，楼台高耸，昼夜笙歌，美姬如云。歌乐之中，有丝弦清越，有羌笛呜咽，有胡笳声声，但李元昊他却绝不沉湎酒色。他一定是善于骑射的，那距柳州城不远的南华山，当是他最好的围猎场地了。高高的南华山，迎接过李元昊的车骑吧，南华山上空的那轮太阳目睹过西夏国的兴衰吧。如今，青山依旧，日月依旧，却是往事越千年了。昔日歌舞繁华地，现如今唯有断壁残垣；昔日宫殿巍峨处，今日里只见田畴野老。

古人不见今时月，今月曾经照古人。

然而，访古者不必为前不见古人而悲凉，也不必为后不见来者而涕下。历史本是个大舞台，帝王将相，金戈铁马，一个个走上舞台，又一个个走下舞台。谁都不可能永远占据历史这个舞台。"江山代有人才出，各领风骚数百年”，只需将你在台上的那段时空里，淋漓尽致地扮演好你的角色，那你便既无愧于古人，也无愧于来者，你便是一个高高大大立于天地之间的人。

天地尽管悠悠，却大可不必怆然。

几百年或者千余年后，只需后来者说一句：那个时代曾经辉煌。

丽日晴空之下，山与树绿得正好。

喊叫水

喊叫水，是西北黄土高原上的一处地名。

每次看到、听到这三个字，总让我感到惊心动魄，感到周身战栗。

喊叫水，它让我看到剥皮跣足，匍匐于地的乞求；看到仰首苍天，双臂高举的呼号；看到目眦俱裂，呼天抢地的呐喊。

水！水！水！

这是干渴得嘴唇爆裂，形容枯槁的山民的喊叫。

水！水！水！

这是被蒸干了体内最后一滴水分，做着最后挣扎的生命的喊叫。

水！水！水！

这是干旱得一片焦黄，划根火柴便能燃起大火的土地的喊叫。

喊叫水，这是一片干旱到极点的土地。

这里没有一条小河；

这里没有一条小溪；

这里甚至没有一个小小的泉眼。

中国的第二长河——黄河倒是从并不遥远的地方缓缓流过，可那是在几百公里之外、几百米之下的峡谷里。水向低处流，这一亘古不变的自然法则，使这些居住在高高台地上的人们只能舔着干裂的嘴唇，无可奈何地望河兴叹。

这里的人们只好把乞求的目光投向高高在上的老天爷。

老天爷是一个乖戾的老头儿，他情绪多变，喜怒无常。

赶到老天爷高兴的时候，他便给这里洒点雨，洒点雪。这时，山民们便欢呼雀跃，他们用铁锹锄头挖出一条条小沟，把雨水引进自家水窖里。他们用小铲用扫帚，把积雪扫进自家水窖里。这便是一家人吃喝洗涮的所有用水了。水窖，是这里人家最宝贵的财产，是这里人家贫穷或是富有的象征。

给女儿找婆家，首先要打听的便是男方家的水窖。

媒人上门提亲时，只消说"那是个富人家，有两个水窖咧"。这桩亲事十之八九便成功了。

讨饭的上门，可以给他一碗粮，却不舍得给他一碗水。

水在这里是太宝贵、太稀有了。

有雨有雪的年份，这里满山满坡一片油绿。麦子、糜子、荞麦、胡麻比着劲儿地生长。这里的土地知恩图报，只要有很少的雨水，它便捧出丰硕的收获。这里的山民有情有义，只要有个好年成，他们便对老天爷感恩戴德。

这里的土地所需很少很少，这里的人们所需很少很少。只要一些些水，让庄稼能够生长，让牲畜能够不渴，土地和人就都满足了。

可是性情乖张的老天爷对这里格外吝啬，他常常是，连续四五年一滴雨也不下，连年大旱，赤地千里。燃烧过的灰烬一般惨白褐黄的土地上，不见一丝生命的绿色。干渴得冒烟的土地上，走过衣衫褴褛拖儿带女的山民，他们抛家离舍，走青海，走新疆，走内蒙古。他们去抓发菜，去挖甘草，而他们抓发菜、挖甘草的结果是严重破坏了地表植被，使土地更加沙化，气候更加干燥，在更大范围内形成气候的恶性循环。

水！水！水！

山喊水，地喊水，人喊水。

喊了千年，喊了万载，如饥儿号乳，如杜鹃啼血。

如今，这呼喊终于有了回应，你看那长长的水泥管道，铺过了高山，铺过了平川，铺过这一方干渴的土地，一头扎进百公里之外几百米之下的黄河，长龙吸水般的，把黄河水吸上来了，提上来了，向着那干渴了千年百代的土地流过去了。

如今，共和国的最高决策者们注视着这片干旱的土地，继固海扬水工程之后，规模更大的"1236"工程已经上马。几年之后，这一片干旱的土地将被浓郁的绿色所覆盖。

我为此而欣然。

然而，我又很难欣然。

我听到从那些本不该呼喊水的地方传来对于水的呼喊。

——古都西安，炎炎烈日下，人们在水车前排成长队，领取从远处运来的河水；

——晋地太原，人们凌晨一两点钟在闹钟声中醒来，接存只有这个时辰才供应一会儿的自来水；

——最不该的，依傍着八百里淮河的安徽蚌埠，居民们却要提着大大小小的水桶，购买矿泉水和深井水饮用。昔日绿水碧流、杨柳夹岸的淮河，如今被工业废水充斥着，流着一河恶黄油黑的臭水。

——浩荡了亿万年的黄河，如今下游地段逢夏日便枯干见底，而更加浩荡的长江，如今也出现了前所未有的枯水期。

……

我们是一个贫水的国度。我们的人均淡水拥有量仅是世界人均水量的四分之一。如果说人家拥有一桶水，我们的南方只拥有一壶水，而我们的北方就仅仅是一杯水了。

这是一个令人悚然的数字！

人们啊，我们还能再开大龙头，让清亮亮的自来水昼夜长流吗？

我们还能再为了花花绿绿的钞票，让恶浊的废水去污染我们原本清澈的河流吗？

西北大地上的喊叫水，是老天的不公，而那些本不该喊叫水的地方，如今对于水的喊叫，应该归咎于谁呢？站在这名为喊叫水的地方，我祈愿再不要听到对于水的喊叫。

西北二题

西北的风

提起西北的风，那是自古以来便有些名气的。有唐诗为证：

"一川碎石大如斗，随风满地石乱走。"

"北风卷地白草折，胡天八月即飞雪。"

诗里写的便都是西北的风，能把其大如斗的石头刮得满地乱走，能把丛生的白草齐根折断，风之强之剧之烈便可以想见了。

当地民谣：一年一场风，从春刮到冬。这样长的一场风，一年三百六十五天，还剩下哪几天是无风无浪的呢？

每当春季到来，天气转暖，地气上升，风便很守时地来了。西北多沙漠、戈壁，风起处，沙飞石走，遮天蔽日。沙助风势，风长沙威，风和沙统治了西北的戈壁、大漠和天空。它们号叫着，狂吼着，在天空和大地间恣意肆虐，为所欲为。它们堵塞道路，侵占良田，淹没村庄。风把整棵的大树连根拔起，抛向天空。风驱赶着大大小小的沙丘覆盖住连片的麦田，让人们颗粒无收。在风沙的淫威下，牛羊为之胆战，飞鸟为之绝迹，人把房子当成避难所，蜷缩在里面乞求菩萨保佑，可待人焚罢香磕完头起身一看，风沙已经封住了房门、堵住了窗棂、爬上了房顶。房子已经成了风沙手里的俘虏，被任意蹂躏。

人该怎么办？人还能怎么办？

人只能卷起铺盖扶上妻儿蓬头垢面衣衫褴褛凄凄惨惨仓仓皇皇地，一步三回头地离开自己的家园，离开这风沙为非作歹的地方。

有这样两件事情。

一是在宁夏平原，一个大风天，一位老汉用自行车驮着老伴，走黄河渡口。风是顶头风，老汉一脚一脚踏得十分吃力，忽遇一股狂风，老太太被风从自行车上吹了下来，她大声呼喊，老汉竟然没听见，仍是一脚一脚十分卖力地踏着自行车，等到了黄河渡口，回头一看，才发现后座上的老伴不知什么时候给丢掉了。

这件事情，是一位朋友亲眼所见。如果说它还有点幽默意味的话，另外一件事情就纯粹是悲剧了。

就在两年前，春季的一天下午，一场沙尘暴袭击了河西走廊，沙尘滚滚从西北方向压过来，风力达8级以上，一位放学回家的小学生，被大风刮进路旁的水渠里，淹死了。

几乎每年风季，几乎每场大风过后，都能听到，某处，牧羊人连同他放牧的几十只羊在大风中不知去向；某处，有人被大风刮进沙漠深处走不出来，冻饿而死；或者是某处，人被刮倒的大树砸伤……

在西北，大风制造过多少灾难。

在西北，大风给人们留下过多少不堪的记忆。

让我们翻开某县的县志来看一看吧——

1982年5月1日，县境内刮起10级大风，最大风速每秒27米，持续32小时，城区附近电线断、树枝折、墙倒瓦飞。5

月9日，沙暴侵袭20多分钟，白昼天昏地暗，春作物受损严重。

1983年4月27日，境内发生持续沙暴，地面风力达12级，沙尘弥漫。风暴过后，连续三天低温，最低气温下降至零下5摄氏度。

县境内天然植被稀疏，风沙频繁，尤其是北部的风蚀沙流危及春耕春播，土表裸露疏松而引起的沙暴与黄土，对农作物的危害十分严重。风沙灾害常常造成土壤中水分和肥料的大量散失，被刨根、沙打或压埋。夏季若出现干季热风，则更加剧旱象。

西北的大风有两种，其一为"暗黄"，届时尘土卷扬，遮天蔽日，天昏地暗，风向旋转涡呈絮状，持续时间长，可连刮数日而不停，风速多在每秒20米左右；其二为"黑暗"，风来时天地黑暗，风力强劲，风声啸厉，天气骤寒，土块沙粒飞扬，风速在每秒22米，风向单一，历时较短。

1952年6月初，罕见的黄土风席卷全县，飞沙走石，损坏农舍，县境四区九乡受灾，农作物重灾3万余亩，绝产1.2万余亩。同年，夏秋之际，西安、李俊、城关等地干热风为害，农作物减产五成以上。1969年春季，大风达41天。小麦、油料等作物受灾8.3万亩。1976年，刮8级以上风38次，4月份零下3摄氏度低温持续20多天。兴仁乡自4月上旬至5月下旬大风连刮7天，遇风沙侵害的麦田达60%。

1982年4月至5月，8级以上大风15次，其中4月30日至5月4日大风昼夜不息，5月1日竟达10级；10日又发生沙暴，不见天日，为时20分钟，农田作物的根须被吹裸土外。

7月18日晨，红羊马场降霜，使马铃薯和豆类作物遭冻。

你走遍西北的一个个县城，你翻开西北的一本本县志，类似的记载随处可见。

世世代代的西北人，饱尝了大风带来的灾难，世世代代的西北人，唯有望风兴叹——

沙进人退。

风沙步步进逼，人畜节节败退，繁华一时的楼兰古城、白城子，还有西夏人的黑城子，连同城外的弱水河，悉数被西北的风沙掩埋。临近新中国成立时，陕北的榆林城已有一半淹没在黄沙里。滚滚的黄沙，掩盖着牛马骆驼的森森白骨，也掩埋着村庄城市的残骸。

在新中国成立后的一段时间，这种沙进人退的情况一度有所改变。

西去列车满载着热血汹涌的青年男女们，到敌人后方去，直捣风沙心脏，大漠戈壁，边关冷月，砍上镢，坎儿井，挖沟挑渠，植树治沙。防风林带，沙漠绿洲，在一片浑黄的大漠戈壁中涂抹出一条条一片片亮亮的绿色。红柳、梭梭草、沙棒、白杨树、沙枣树……这些绿草树木，是风沙的天敌，它们成群成阵，连天连片，扯住风的衣襟，绊住沙的腿脚，使它们张狂不得，动弹不得。以柔克刚，以弱胜强，能把牛羊轻易吹到半空的大风，能远行千里、侵占良田、掩埋房屋的狂沙，在美丽的柔弱的绿树芳草面前，像狂奔的野马被套上了缰绳。自古以来风沙称王称霸的领地被撕开一个又一个口子。人进沙退，收复失地，被风沙掩埋了多年的榆林城把风沙远远赶出城外；在腾格里沙漠南缘，沿包兰铁路两侧，智慧的人民群众，用草方格防风固沙，使列车在大沙漠里驰骋而过，创造了世界罕见的奇迹。同时也把一片亘古以来的不毛之地变得绿树成荫、瓜果飘香。从毛乌素、从巴丹吉林、从腾格里，从西北各处，捷报频传。

风弱了，沙小了。

风吹草低见牛羊的画面重现了，"边疆处处赛江南"的歌声从沙枣树下、从白杨林里飘出来了。

然而（世界上没有这些"然而"该多好啊），战败不久的风沙竟然又回来了。当年使风沙无处藏身的是人，如今让风沙卷土重来的依然是人——

当年栽下的白杨树、沙枣树被人们伐掉去换了花花绿绿的钞票；绿油油的草原被二十四片铧犁粗暴地剖开，以承载日益增多的人口；还有成群结队号称"扫荡军"的人们掘地三尺，去挖甘草，去抓戈壁荒原上那一点点本就十分可怜的草根上缠绕着的更加可怜的那一点点发菜。所到之处，立体地全方位地摧毁着扫荡着树木野草。就连横穿腾格里沙漠的包兰铁路上用来保持水土、加固路基的小树也被砍去做了那一顿饭的烧柴。

被破坏了树木绿草的大地难看地裸露着，失去了树木绿草的戈壁沙漠像被打开了盖子的潘多拉的盒子，风和沙一跃而出，风狞笑着说："我胡汉三又回来了！"卷土重来的还乡团总是以十倍的疯狂，百倍的残忍，向人类变本加厉地加以报复。于是，20世纪90年代后期以来，沙尘暴、扬沙天气、空气悬浮颗粒物，这些本来只有西北人明白的气象名词，如今怕是已经被全中国人所熟知。狂风裹着漫天黄沙，一堵墙似的呼啸着席卷而来。所到之处，天昏地暗，日月无光。沙尘暴一年数十次地扫过天山、扫过河西走廊、扫过整个大西北，扫向华北，甚至扫向长江以南。高悬在北京街头的广告牌被大风刮倒，远在长江中游的武汉的天空被来自河西走廊的风沙染得一片昏黄。中原腹地的郑州街头，行人们竖起衣领、裹上纱巾，在强劲的风沙中踉跄着、趔趔着困难地行走。黄沙凭借着风力，直逼黄浦江边。

在西北地区，流传着一个笑话，说，北京街头，一位交警正在值勤，忽然一阵大风，吹来一个塑料袋，贴在交警的脸上，交警拿下那塑料袋一看，上面赫然印着"额济纳旗食品厂"几个字样。额济纳旗，在内蒙古西部，河西走廊以西。河西走廊以西的一个塑料袋，千里迢迢吹到北京而且端端贴在一个交警的脸上，纯属黑色幽默。

然而这个夸张的笑话却真实地反映了这样一个事实：越来越大的风沙正越来越严重地威胁着人们的生存环境。日渐频繁的沙尘暴以极强的破坏力使土地沙化，使草原退化，而被退化了的草原又在不断地加强沙尘暴的频率和强度，它们就这样形成了一个怪圈，重复着一种恶性的循环。在锡林郭勒，在乌兰布和，在鄂尔多斯，这些昔日的大草原，"风吹草低见牛羊"已成为当地牧人脑海里的美好记忆，羊群依然如白云在飘，马儿依然奔跑，只是马儿羊儿蹄下的绿草却已经连马儿羊儿的蹄子也盖不住了。而阿拉善盟那本就是半草原半沙漠的地区，如今几乎变成了沙尘暴的发源地。

沙尘暴，一次次向人们亮出了黄牌；沙尘暴，一次次给人们敲响了警钟。

人们啊，停下你们高举的斧头，收起你们掘地三尺的镐头，毁掉你们伸向草根的铁爪吧！不要再砍了，不要再挖了，也不要再抓了，爱护我们生存的家园吧！当我们向大自然过度索取的时候，大自然的报复是无情的。

风沙使一些人警醒了，他们走进沙漠，种草种树，防风治沙，他们在亡羊补牢。

在宁夏盐池县，有个叫"一棵树"的村子，村子在毛乌素沙漠腹地，村子因树而得名。那里确确实实人老几辈只有这么一棵树。在"一棵树"

这个村子里，一位年轻的妇女叫白春兰。她在干旱的沙丘上撒下芨芨草籽，栽下红柳、沙蒿、沙棒，栽下沙枣、榆树、白杨。大风一次次把她种下的树苗连根拔起，把她撒下的草籽扬上天空，她又一次次把树苗重新种上，把草籽重新撒下。她咬紧干裂的嘴唇，和风沙较上了劲。在这场较量中，风沙成了输家。于是，在"一棵树"那里，有了成片的树林，有了绿茵茵的草地，有了在春日的艳阳下、在温暖的和风里荡漾的麦浪，有了人们渴盼的丰收。茫茫沙漠之中，有了一片希望的绿洲。

在距"一棵树"很近的地方，在与宁夏盐池县毗邻的陕西定边县，同是毛乌素沙漠里，有一位名叫牛玉琴的妇女，与白春兰同时做着同一件大事情。她如今已在沙漠里种草种树十万亩。

而在内蒙古的乌兰布和大沙漠里，聚集着来自全国各地的青年志愿者。他们离开繁华的都市，离开温暖的家庭，提着简单的行李，提着吉他和篮球，甚至背上还斜背着一把雨伞，从青山绿水的江南，从苍松翠竹的井冈山麓，来到塞北大漠，做着同一件大事情。

而当你驱车从西北大地上疾驰而过时，"某某苗圃""某某林草试验站"的牌子会不时从公路边闪过，同时闪过的还有"中德合作育林项目""中日合作种草项目""中韩合作治沙工程"。

贯穿西北、华北、东北的三北防护林，正在中国的北部，筑起一道绿色的长城。

宁夏、甘肃、青海等省区的地方政府，已制定并实施着退耕还林还牧的有关政策。

宁夏、陕西两省区，经过多年大规模的植树种草，防风固沙，如今荒漠化的局面已经得到控制。

与风沙作战的队伍在聚集，在壮大，在不断地积蓄着力量。行动起来，保卫我们共有的家园。

文章写到这里，中央广播电台正在播出有关荒漠化的文章，内容如下：

一、据记载，如今深埋在沙漠里的楼兰古城，曾是丝绸之路上的重镇。曾经，那里城外林木茂盛，城内商贾云集，人口众多，市面繁荣。古楼兰的居民们面对着茂盛的树木，以为那是取之不尽的、用之不竭的。于是，伐木声声，经日不断。成片的大树被砍倒，盖房屋，盖高楼，被塞进锅灶，做了柴薪。还有上万棵的大树，被做成棺椁，埋了死人。同时为了养活高速增长的人口，大量垦草种粮。在这样毫无节制的索取下，生存环境迅速恶化。河流变细，风沙增大。当人们意识到问题的严重时，开始采取一系列节约用水、控制用水的措施，并禁止砍伐树木。官府明文规定：凡砍倒一棵树的，罚马一匹，凡碰折一根树枝的，罚羊一只。惩罚的条件不可谓不苛刻，可惜为时已晚，繁华一时的楼兰古城，终于没能逃脱它被流沙掩埋的命运。

二、如今地球上已有三分之一的人口正在遭受日益严重的荒漠化的威胁，就连向来气候温润、绿化程度较高的欧洲，也出现了荒漠化现象。

三、20世纪90年代中期，联合国成立了研究治理荒漠化的专门组织。

3月5日，我与北京的朋友通电话，她问：你们那里天气怎么样？我望望窗外那黄河水一样深黄黏稠混沌得没有眉目的天空，把话筒朝向被风刮得哐啷叮咣响成一片的门窗，她听了片刻说，噢，又是沙尘暴，明天该轮到我们这儿啦！

西北的水

与西北的风沙一样出名的是西北的干旱少水。西北,盛产的是风沙,缺少的是雨水。

看看这些地名吧:

一碗泉——从石头缝隙里一滴一滴半天才能渗出一碗的,那么可怜的一线泉水;

喊叫水——那跪伏在地,仰望苍天,双臂高举,目眦俱裂地从焦渴得冒烟的喉咙里发出的对于水的喊叫;

狼抱水——一只饥渴了几天几夜的狼,夌着枯干肮脏的毛,在山野间焦急地奔跑着,寻觅着。终于,它发现了一个救命的水坑,它扑过去埋头痛饮,任凭同样饥渴的人们用木棒用扁担抽打它驱赶它,它也只顾用双爪紧抱着那个小水坑,拼命地喝喝喝……

对于西北的干旱程度,任凭你怎样想象也不算过分。

年平均 200 毫米的降雨量,年平均 1000 毫米的蒸发量,严重的入不敷出,使西北地区千百年来极度地干旱着。

二十多年前,我刚从学校毕业,就参加一个农村工作队,在西海固地区一个叫二百户的山村里住了整整八个月。吃在农家,住在农家,真正地与村民同吃同住同劳动。每天傍晚,我和我们这个组的组长,一位闪姓的女处长两人提着铁桶,拿着木棍,下到深而且陡的山崖下去抬水——那里有一条小渠,小渠宽不足二尺、深不及足踝,渠水因为夹带着过多的泥沙而浑黄。水面上漂浮着树叶草棍,漂浮着驴粪蛋、羊粪蛋,还漂浮着一些叫不出名堂的乱七八糟的东西。我们就撇开这些草棍、树叶、驴粪蛋、羊粪蛋,一缸子一缸子地舀满铁桶,再一步一步艰难地爬上那道深而且陡的山崖，把水抬回住处。经过一夜时间，泥沙沉淀到桶底，上面的清水便用来刷牙、洗脸、泡茶、煮饭。

就因为有了那么一条小渠，那么一条宽不足二尺、深不过足踝，漂着树叶草棍驴粪蛋的小渠，二百户就成了方圆百里条件最好的地方。提起二百户，四周的山民们会无比羡慕地说："二百户么，那可是个好地方，有水呀！"

在广大的西北农村，尤其是"三西"即定西、陇西、西海固地区，窖水几乎是这里唯一的水源。

在地下挖一个土窖，瓷瓷地夯上黄胶泥，这就是水窖了，待到下雨下雪的时候，把雨水雪水存进去，这就是窖水。因此，下雨下雪的日子，对于西北人来说，那简直就是节日。大人小孩高兴地欢笑着叫喊着，下雨啦！下雨啦！一家一村的老老少少男男女女们全体出动，拿着铁锨、洋镐，拿着扫帚、簸箕，在房前屋后，在路边崖畔挖出一条条小沟，把雨水引流到自家的水窖里去。把院里院外，把山峁上沟洼里的积雪扫到自家的水窖里去。虽然大人、小孩被淋得浑身精湿，冻得瑟瑟发抖，却是一个个都欢天喜地。待到水窖里灌满了雨水，装满了白雪，当家的汉子们倚在炕上心满意足地熬一罐酽酽的罐罐茶，一口一口慢慢地品。婆姨们会擀一顿长面来庆祝这个好日子，连孩子们也可以放肆地顽皮一下，而不用担心挨板子。他们知道有了满满的一窖水。爹妈就不会再唉声叹气，他们也不再为没水吃而与爹妈一起发愁了。这个时候，整个村子一片喜气洋洋。

在西北农家，水窖是最宝贵的财产。水窖设有固定的木盖，木盖上牢牢地锁着一把大铁锁，而钥匙是时时刻刻挂在家里主事婆姨的腰上的。在这里，水窖成了财富的标志，去串亲戚看朋友，提一罐水上门，那你就是最受欢迎的客人了。甚至，讨饭的到了门口，宁可给他一碗油也不舍得给他一碗水。这说的还是正常年景，是每年还多多少少落上几场雨的时候。若遇到旱年，那就是连续几个月、半年，甚至是整年不降一滴雨水，整整一个冬天不飘一朵雪花。连那年均200毫米的降水也了无踪影。这样的连年大旱，那时在西北地区是常有的事情。

"十年九旱""三年两头旱""三年一小旱，五年一大旱"，是祖祖辈辈的西北人流血流泪的总结。

西北的天空，阳光无遮拦地毫无保留地喷射到地面上，空气被烤得噼啪作响，散发出焦煳的味道。云，那饱含着水分的云，能够降雨的云，远远地躲开这里，绕道而行，偶尔有那初出茅庐不知厉害的小云朵，一不小心路过这里，"哧啦"一声，就被天空和地面蒸发得一干二净。

旱年里的山峁塬头一片红褐惨白，让人想到刚刚燃尽的一炉炭火，似乎，你触摸一下就能够烫出一手燎泡；似乎，一阵风过就能够吹出火星来。

在这焦渴得冒火的年成里，土地颗粒无收，水窖像土地一样干枯着。"家家水窖里，只有重叠的干枯的梦和凄苦"。人只能挑着担子到几十里外，那小小的半晌才能渗出一点点水的泉眼去排整天的队，然后挑回一点点救命的水。真是顶着星星走，戴着月光回。等到连那小小的泉眼再也渗不出一滴水的时候，就只能等毛驴车来，买那从上百公里外拉来的水。此时，水价要比油价贵。说滴水贵如油，那是毫不夸张的。

焦渴得嗓子冒烟的西北汉子，被阳光蒸烤得满脸紫黑嘴唇爆裂的西北汉子，嘶哑着喉咙吼出那让人心酸的"苦花儿"：

沟岔里的水干了。

我的嗓子干得冒火了。

人在这里活一辈子，一辈子只能洗两次澡，出生时一次，去世时一次。大姑娘也只有在出嫁时才能真正地彻底地洗一次脸。

还得看地方志，那是记载，是历史。不看史志，很难认识水在西部的意义与位置。

地方志载：

民国 15 年（1926 年）夏，大旱加冰雹，夏苗枯死，秋禾歉收，逃荒者络绎不绝。

民国 18 年（1929 年），继上年，又遭特大干旱，赤地千里，人相食，大批灾民逃离家园，求乞为生，每百斤面粉涨至银圆二十余。旱魃为虐，全年未雨，秋夏田禾颗粒无收，四乡民众有乏食之虑，虽欲食糟咽糠，尚不可得，尸骸暴露，触目惊心，惨不忍睹。

民国 19 年（1930 年），旱情继续，整户、整族、整村死绝者比比皆是，惨不忍睹。

而与干旱的记载相矛盾的却是连篇累牍的关于洪灾和雹灾的记载：

1916 年 5 月，海原麻春堡洪水深六尺，冲毁上湾及陶家堡湾耕地四十多亩。

1935 年 7 月 13 日，雷雨大作，冰雹如卵，历时三小时，厚积尺余，夏粮秋禾毁于一旦，房屋倒塌，牲畜伤亡甚多。

1955 年秋，雨涝受灾 28.4 万亩，倒塌房屋 77 间，土窑 167 孔，冰雹打死一人，伤三人，打死驴二头。

1973 年 8 月 17 日至 9 月 5 日，县境各地连降几场大雨，特别是 9 月 5 日雨势猛急，山洪暴发，造成洪灾。冲垮水坝工程 10 处，渠道 1.2 万多米，道路 18 公里；冲走秋作物 141 亩、水淹 185 亩、冲毁梯田 1573 亩、坝地 480 亩；损失小麦 27.3 万斤、豌豆 3.56 万斤、油料 2.1 万斤、禾草 60 余万斤；倒塌畜棚 16 间、窑洞 41 孔、墙 490 丈；霉烂粮食 30.85 万斤。

　　……

　　这就是西部的水，老天对西部是如此苛刻与不公，它要么连年干旱，让你赤地千里，要么就是暴雨倾盆。它能把一年 200 毫米的降水在一天甚至几小时内一口气泼洒干净，冲得你路断桥塌，冲得你山体滑坡。更要命的是，七八月间，在西北正是小麦黄熟、等待开镰收割的时节。也是胡麻、糜子、土豆、荞麦等秋庄稼扬花灌浆苗壮成长的关键时候，这时候最怕下雨，可就偏偏是这当口，就在我们最不需要它们的时候，带着雨的云团蜂拥而至。居心叵测的黑压压的云团里阴险地躲藏着冰雹，它们能把人等待了一年的收成在几分钟之内砸得遍地狼藉。因此，在西北又有着龙口夺食这句似乎与干旱十分矛盾的农谚。麦收时节，火炮被搬上山头，一发发炮弹射向厚厚的云层，去炸散那带着雨也带着冰雹的云层。雨不来时盼雨，雨来时又怕雨。如此大幅度的忽热忽寒，忽旱忽阴，使西部这块土地严重的阴阳失调，营养不良，使繁衍生息在这块土地上的子民们难以温饱，世世代代过着贫穷困苦的生活。

　　苦甲天下。

　　贫甲天下。

　　不适合人类生存。

　　这就是人们对西部，尤其是对陇西、定西、西海固"三西"地区的概括。新中国成立后，人们从旧制度的压迫下解放出来，却难以摆脱恶劣的自然条件，十年九旱使他们长期吃着国家的救济粮，穿着国家救济的衣服，在"三西"地区，人们编了几句顺口溜这样自嘲：

> 吃的是救济粮，
>
> 穿的是黄军装，
>
> 喝的是拉运水，
>
> 住的是茅草房。

在西部，其实流淌着几条大河。母亲河黄河一路东流，途经九省区，其中青海、甘肃、宁夏、内蒙古、陕西，都是西部的土地。还有新疆的塔里木河，还有青海的大通河，还有流向额济纳旗的黑水河。但是由于长期缺乏科学合理的管理，一直沿用几千年来的大水漫灌的灌溉方式，使宝贵的水资源被白白浪费了很多，致使大河变得日渐消瘦，水流日渐细小。著名的壶口瀑布，自古以来以它的汹涌激荡著称于世，如今由于来水锐减，使主瀑布以外的为数众多的小瀑布几近消失。从而使"黄河之水天上来"的宏大气势难以再现。由于上游的过度开垦，塔里木河明显萎缩，致使下游大片土地被荒废，大片胡杨林因干渴而枯死。几年前，曾有一支漂流队，在黄河长江都漂流过了之后，准备在塔里木河这个中国最西部的大河上一试身手。出发前，又是告别，又是宣誓，个个斗志昂扬，人人激情浩荡。谁知仅仅漂了一天，早晨下水，傍晚时分就垂头丧气，草草收兵。原来塔里木河的水浅得已经很难让那几只船再"漂"起来了。还有黑水河，沿途的不断被分流，被堵截，已经使它很难再循着往日的足迹走到目的地，因而使本就十分干旱的额济纳旗因为缺少了这条唯一的水流的滋润而更加干旱，使这里成为沙尘暴的发源地。

一方面是极度的干旱少雨，一方面又是对珍贵的水资源的严重浪费，这就是西北地区在水的问题上所面临的极端矛盾的现状。

这种现状正在被改变。

在宁夏海原县，有一位名叫黄正武的农业科技人员，土生土长的西海固人，从小吃着国家的救济粮长大，从小就挑着比他矮不了多少的铁桶，翻十几里山路去挑水。缺水带来的贫困，伴随着他长大成人。因此当他长大成人，掌握了科学文化知识后，他就立志改变家乡的贫困面貌。他在当地原有水窖的基础上加以改造，把原来黄胶泥夯筑的水窖，改为水泥抹平，把小水窖改为大水窖，把多少年来仅供人们日常饮用的水窖，挖得更深更宽更长，把水窖由农家小院搬到田间地头，使窖存量增大了几十倍、上百倍。这样，一只水窖就相当于一只水塘，水窖里的水开始用于浇灌农作物。同时，他大力推广滴灌微灌技术，于是，在干旱的西海固的土地上，有了成片的果树，有了绿油油的玉米，有了圆滚滚的西瓜。在他的帮助下，很多农户由穷变富，很多村庄果木成林，当地农民亲切地称他为"窖神"。

现在，西海固地区已打窖近 18 万眼。

同为"三西"之一的甘肃定西地区打窖 20 万眼，加上小流域治理，再加上退耕还牧还林，涵养水分，保持水土，还是 200 毫米的降水量，干旱的面貌已经有所改观。

在宁夏，20 世纪 80 年代修造的"固海扬水工程"，三级扬水，把黄河水引上黄土高原，如今这片"有水赛江南，无水泪也干"的千百年来的不毛之地，早已是一派嘉禾遍野、绿树成荫、炊烟袅袅的祥和富足的田园风光。

更大规模的"1236"工程，于 1997 年春天在宁夏中宁红寺堡破土动工，国家领导人亲临现场，为这一造福人民、荫及子孙的工程铲开了第一锹土。在不远的将来，在西北将又有一大片黄土高原为绿色覆盖。

还有贯通宁夏盐池、甘肃环县、陕西定边的盐环定扬水工程；还有把青海的大通河引入甘肃的"引大入秦"工程。

塔里木河管委会制定了控制上游用水的措施，被泥沙淤塞了多年的河道重新注入了天山雪水。

甘肃、青海、宁夏、内蒙古、陕西等省区千百年来任黄河水大水漫灌的粗放耕作方式将改为精耕细作，改为微灌滴灌。河的子孙们从此将更加珍视黄河母亲，爱护黄河母亲。让母亲河更加丰腴，更加宽闲自在，更加浩浩荡荡，让母亲的乳汁一点一滴，滋润大地。

文章至此，恰逢世界水日，有两条消息，都是关于西北的风和西北的水的。其一是：中国科学院派出由院士组成的小分队，一支由北京出发到河北张家口及坝上一带；另一支由兰州出发，沿河西走廊到额济纳旗。这些科学院院士们将调查沙尘暴的起源。其二是：国务院制定了"水资源可持续开发利用"的政策，并采取了一些对西部水资源的抢救性措施。

西部的风，西部的水，是西部大开发的关键。相信，在西部大开发中，关键性的问题必将得到关键性的解决。

阿拉善散草

阿拉善，是内蒙古自治区中部的一个盟。腾格里、毛乌素、巴丹吉林三大沙漠从南、北、西三个方向拥裹着它。它东枕贺兰山，与宁夏回族自治区的银川平原仅一山之隔。

盟所在地名巴彦浩特。

银川——巴彦浩特，

一个在山的前边，一个在山的后边；

一个在山的左边，一个在山的右边。

一道贺兰山，横在两个城市的中间。

于是，我看到了——

贺兰山是一道门槛，两个城市是巨人的两只巨足；

贺兰山是大地的鼻梁，两个城市是大地的两只眼睛；

贺兰山是副肩膀，两个城市是一副担子的两头，担在这副肩膀上。

若说贺兰山是一竖呢，两个城市，就是"小"这个字的左右两点。

隔着贺兰山，两个城市相望，相连。

虽说分属两个不同的自治区，却又密不可分。远亲不如近邻嘛。

车过三关

三关，在贺兰山口之中，是银川通往阿拉善盟的必经之地。

一个关字，使人想起"关口""关隘""一夫当关，万夫莫开"等等诸如此类险峻的词句，连带着便也想起了刀光剑影，想起了金戈铁马。

三关，果然是古代征战之地。历朝历代，都曾在此设置关卡，驻军布兵。

曾有过"驾长车踏破贺兰山缺"的词句，曾有过传说是穆桂英点将台的土堆。

亘古如此的蓝天，亿万斯年的峰峦，使人顿生地老天荒的慨叹。天上的那轮太阳，温暖过唐宋明清的守边将士吧？瑟瑟的秋风，曾在清冷的月夜里，飘送过悲凉凄切的胡笳吧？这里曾有过沙场秋兵点兵的壮阔么？这里曾有过尸横遍野、血染黄沙的酷烈么？白沙衰草间，时有小股旋风掠过，那可是白骨缠草，不得还家的士卒不甘的魂灵么？

恍兮惚兮间，我眼前浮现出牧羊的苏武，浮现出出塞的昭君。又恍兮惚兮间我看见自己宽袍大袖一身古装，骑着一匹瘦马，缓缓而行，到了三关口，翻遍襟袖行囊，却不见了过关的关谍文书。

悚然一惊，汽车和颠簸使我从恍兮惚兮中醒来。抹抹额头渗出的汗水，望着窗外掠过的高压电线杆，不由为我不是古人而庆幸。

如今三关，再不会同室操戈，再不见烽火狼烟。一条柏油公路，如一条吉祥的哈达，从银川平原飘向大漠深处。三关，已成为两个城市的交通枢纽。这里，每天有大大小小的汽车来来往往。向西去的，车上装的是大米白面，蔬菜瓜果；向东去的，车上满载着牛羊骆驼，

033

矿石水晶。当然，更有穿民族服装的，或是西装革履、美服丽裙的人们熙来攘往，像从家里的这个房间走到那个房间一样自如便当。

当然，三关的那道边墙还在的。只是它残缺不全，时断时续，像风烛残年的老人的牙齿。这应该是历史老人的牙齿，它向着万古蓝天，开怀大笑，为了山两边的富足繁荣，为了今天的安宁吉祥。

圆圆的天空。

这里的天空好大。

这里的天空好圆。

久在都市居住的人们，见不到天空的本来面目。在那里，成群的高楼，成林的烟囱，蜘蛛网一般横七竖八的电线，刺猬一般的电视天线，把一个好端端的天空切割得破碎而凌乱。闪闪烁烁猫头鹰眼睛一样的霓虹灯，又剥夺尽了天空那本应华贵如宝石的湛蓝澄澈，使她苍白憔悴如同刚从手术台上下来的产妇。在那里，天空被人类肆意糟蹋，她被扭曲，被异化，被变形，被污染。

来到这里，这沙漠中的浩特，抬头望一眼头顶的天空吧，你立刻便会感到新生般的清新爽快与舒展顺畅。

这才是真正的天空啊。

这才是天空的本来面貌啊。

她博大，博大到无垠无际；她清纯，清纯如尚未涉世的少女；她碧澄，碧澄如一泓秋水；她健康，健康如刚从上帝身边飞来的天使。她不含一丝杂质，她没有半滴杂色。她纤尘不染，她保持着原始的童真。

极目望去吧，没有任何东西会挡住你的视线。你顺时针转一个东南西北，周边是蓝蓝的天空；你再逆时针转一个北西南东，周边依然是蓝蓝的天空。你脑子里立刻会蹦出"天高地阔"这四个字。你嘴里会不觉间念出"天似穹庐，笼盖四野"的诗句，你便会由衷佩服古人的高明，写出这关于天空的绝美好句。

面对这样的天空，你胸臆顿然豁朗。一切的琐琐碎碎，一切的委委顿顿，都被你俯视于脚下。人，本不是为种种的琐琐碎碎种种的委委顿顿而生的啊。头顶有着这样美好无比的天空呢。

面对这样的天空，真是一种美好的享受啊。沉浸于这美好的享受中，你便痴了，醉了。只感到头脑如这天空一般澄澈，身体如这天空一般的澄澈，整个人融化为天空一般的澄澈。那远处飘飘而来的一片白云就要载着你悠悠飘去呢……

大都市里被琐琐碎碎弄得委顿不堪，被争争斗斗弄得疲惫不堪，被五颜六色弄得困惑不堪的人们啊，到沙漠小城里来走走吧，在这里，你会看到真真实实的天空，你也会看到真真实实的自己。

拥有这样一个完整而明丽的天空，真是沙漠小城人的幸运。

大大的风沙

平日里总说银川的风大。到这里一看，才知是小巫见大巫了，才知自己的少见闻了。

按时令早该过了风季，这里的风却毫无撤退的意思。天刚蒙蒙亮，风便如期而至了，随着时间由早晨而上午而下午而夜晚，风也由弱渐强而最强。会议室里正在举行座谈会，人们聚精会神，正襟危坐。突然砰的一声巨响，举座皆惊——是风撞进来了，风如同一个不懂礼貌不讲道理粗鲁莽撞的化外之人，就这样不请自到，冲将进来。冲进来后，便恶作剧地去翻动每个人面前的纸张，弄得白纸如落叶般满屋翻飞。人们把它请出去，关紧门窗，它便在外面敲门打窗，一副誓与你作对到底的劲头。夜晚，它又会把招待所的门窗弄出噼噼啪啪吱吱咯咯哗哗啦啦各种声响，一时间，外来人会觉得是在《呼啸山庄》里了，会觉得正有一只手从窗子外伸进来。胆小的女士便掩耳盗铃地用棉被捂住头脸，在七月的天气里流着满头满身汗水去制造一个个关于鬼神的梦魇。

若是你走在路上，那更是风与你亲近的绝好机会。它牵着你的衣襟，拉着你的裙裾，扯着你的胳膊，使你步履艰难，进退不得。它全方位地裹着你，拥着你。它亲吻着你的每一寸肌肤，它在你的发丝里，它在你的耳朵里，它在你皮肤的每一条纹路里。它甚至还想挤进你那护在镜片后、护在睫毛下的眯缝得只剩下细细一线的无比宝贵娇嫩的眼睛里去。

为了维持淑女形象，你得一手拢住狂舞如草的乱发，一手揪住飘飞如旗的裙衫。手忙脚乱，狼狈不堪。为解嘲你忙里偷闲地发一句牢骚："这风真讨厌"，风顷刻间便乘虚而入，长驱到你的嘴巴里。

"好大的风！"你慨叹。

"这也算是风吗？"

这里的朋友颇不以为然。

小小的浩特

浩特，蒙语中作城市讲。

巴彦，蒙语中作富裕讲。

巴彦浩特，翻译过来便是：富裕的城市。

这个富裕的城市，是漫漫沙海中的一叶扁舟。

浩特很小。

在城里漫步，一不小心便走到了城外。不定拐过哪个房角，眼前便会铺开一片漫无边际的戈壁滩，便可看到成群的羊只和成队的骆驼。生长在戈壁滩和沙漠上的芨芨草，骆驼刺，也跑到城里的人行道边和宾馆的道旁扎下了根。

小城有着极度的从容与宽阔。在这里，一幢一幢的房屋，一个一个的院落互不相连。大家都尽可能远地离开邻居。这使人想到草原上放开马缰跑上半天才能遇到一顶的蒙古包，想到悠扬的马头琴和悠远的蒙古长调。小城的格局与阔大无比的天、阔大无比的地保持着如此默契的和谐，是由于小城的人们依然保持着逐水草游牧的记忆吗？

与散漫的房屋相映衬的，是宽阔的街道。小城的街道，条条都有东西长安街那么宽阔。街道两旁，有出售马鞍、马鞭、大铜壶的民族用品商店，有标着"生猛海鲜"的酒楼餐厅，还有无处不在的广州发廊。街道上走着身穿蒙古袍，骑了一辈子骆驼，驯了一辈子马，因而双腿呈弧形的牧人；也走着身穿超短裙，高跟鞋一路脆响的摩登女郎。

小城虽小，却有着悠久的历史，有着浑厚的文化底蕴，那几处堪称文物的古建筑是小城历史的见证。

那远近闻名的王爷府，是清王室的格格下嫁时所修建的府邸，曾经颇为热闹豪华过一阵。那分布在三个方向的南寺、北寺、延福寺，在远近草原上享有盛誉。据说那位身在槛外，爱情诗却写得颇具神韵的六世达赖加仓央嘉措曾在此短住，九世班禅也曾在寺中讲经，延福寺里至今供奉着班禅穿过的靴子。

小城虽小，却如它的名字所显示的那样，是一个富裕的地方。

这小小的城，地域却很大，它东靠宁夏，西连甘肃，北面与蒙古国接壤，浩浩渺渺几千平方公里的版图。这里出产的骆驼占全国骆驼总产量的三分之一。这里有可与柴达木盐湖相媲美的吉兰泰盐湖。浩瀚的戈壁大漠之下，埋藏着晶莹剔透的水晶石，埋藏着同样晶莹剔透与黄金等价的冰石。

巴彦浩特，是茫茫大漠中一颗璀璨的明珠。

酒乡歌乡

早听说内蒙古的人们以酒为伴。

早听说内蒙古的人们有酒必有歌，酒与歌在那里是人们终生的情侣。

眼见为实，果然。

有朋自远方来，无论新朋还是旧友，一概以酒款待。无酒不待客，无酒不成宴。入座既罢，主人便将一只只酒杯斟满，以双手擎杯，高举过头，以蒙古族礼节，向客人连敬两杯，名曰一抿二干，你若把这两杯酒不皱眉头地喝下去了，主人便会向你跷大拇指，认为你够朋友。他们最讨厌在酒桌上偷奸耍滑。这里的人们喝酒不三推四让，不弄虚作假。喝就喝它个痛快淋漓，喝就喝它个豪爽尽兴。佐之以大盆的手抓羊肉，佐之以颇显地方特色的烤羊腿，甚至抬上来一只据说是最正宗的烤全羊。真真是大块吃肉，大碗喝酒，让你尽情领略横枪跃马的英雄气概。

随着酒香飘起来的，便是歌声。以歌代拳，以歌助兴。先是主人，后是客人，从"蓝蓝的天上白云飘"唱到"莫斯科郊外的晚上"，爬山调，二人台，信天游，京剧，秦腔，"花儿"，土洋结合，古今荟萃。当大家把能想到的歌全唱完了时，不必担心，主人会拿出几大部厚厚的歌本来，让你只唱得口干舌燥，让你只唱得喉咙冒烟。

几位蒙古族汉子的男声小合唱《黑骏马》最是夺人魂魄。那悠长幽邃而又苍凉高远的拖得长长而又委婉曲折的唱腔，把人带入辽阔无边的大草原，带入一个民族漫长而又辉煌的历史。在那歌声里，你会看到奔腾的马群和雪白的蒙古包；你会看到成吉思汗远征到贝加尔湖的马队。你会不知不觉间举起你的酒杯，为这马背民族的现在与过去。

最让你终生难忘的是，两位或者三位身着美丽民族服装的蒙古族姑娘，手捧哈达，举着银碗，面对面站在你的面前，用你听不懂的语言为你唱祝酒歌。那哈达只为你而捧，那银碗只为你而举，那歌声只为你而响。一生中，你能有几次享受如此礼遇呢。你听不懂那语言，你却听得懂那歌声里的淳朴与热情。面对那清澈如水晶的眸子，面对那眸子里清纯而又热烈的目光，纵然你血冷如水，纵然你心如枯井，此刻，也不由你不热血沸腾，热情奔放。罢罢罢，人生能得几回醉。于是，你接过那银碗，接过那哈达，接过那歌声，接过那火一样的热情，你双手捧碗，一饮而尽，才发现自己原来竟有如此豪气。这一碗酒，让你从种种羁绊中挣脱出来，你第一次发现了自我，找回了自我。那一碗酒滋润了你的眼睛，也滋润了你的灵魂。生活原是这般美好，人们原是这般美好，天地万物本是这般美好，你从来不曾想到，你最快活最轻松最美好的时刻是这大漠深处给予你的。

从此，酒乡歌乡，将成为你不老的回忆。

真好，酒乡歌乡的沙漠里的浩特。

王 村

　　《芙蓉镇》——著名导演谢晋的一部电影，使这个地处湘西的小镇名声大噪。以至于人们几乎忘记了它的本名——王村。

　　王村的米豆腐，这种地方风味小吃，也由《芙蓉镇》中的胡玉英卖出了名。

　　走湘西，不能不来"芙蓉镇"——王村。来王村，不能不品尝一碗那用红红的辣椒油、绿绿的青蒜末和白嫩嫩的米豆腐调制出的令人馋涎欲滴的吃食。在你被辣得嘴唇冒火、麻得额头出汗的当口，小吃店的老板娘便会向你讲起谢晋、姜文、刘晓庆。那口气，与讲起自己家里的弟兄姐妹没什么区别，口气平淡得很，不带丝毫的仰视与炫耀。在他们看来，名导演、大明星和街坊四邻也没有什么两样，这便充分显示了山里人的质朴与本分，当然更透出他们的那一份自信。

　　王村人的自信是有道理的，这里本来就有那么多使外来人看上一眼便永远难忘的东西，他们无须借一部电影去炫耀自己。

　　横过街道，沿着瓦屋折后墙，穿过百十步菜地，便来到一个大瀑布前。气势磅礴，瀑声如雷，其落差、其宽度、其规模，足以与闻名遐迩的黄果树瀑布相媲美。而瀑布两岸黑苍苍的山岩，山岩上与瀑布一同飞流直下的百丈青藤，还有那高悬崖顶的土家族吊脚楼，则使它比黄果树瀑布更多了一番风情。而那正在瀑布下潭水畔洗衣浣纱的红衫女儿，又给这瀑布平添了几分人情味。它是天然无雕琢的，不似黄果树弥漫着浓重的商业味儿。这便是湘西有名的王村瀑布。

由王村东去不远，便是风景如画的猛洞河。

贯穿王村的，是那条青石板铺就，一步一个台阶，直向山顶升上去的街道。街两旁那木板为壁为墙、青瓦为顶为盖的民居店铺，还有那墙角的青苔，屋顶的瓦松，都以那一份纯纯粹粹的古色古香，昭示着它两千多年的历史，曾有过的辉煌。而那间杂在民房中的店铺，店铺里那晶莹剔透的各色玉器，那绚丽多彩的土家织锦，那构思新颖的草编工艺品，还有那尖尖俏俏的竹篾斗笠，则表达了它无愧于历史的现在和将来。

有咚咚的鼓声从一座崭新的建筑物里传出。这是湘西土家族苗族民俗展览馆。这里陈列着土家族的祖先傩公傩母的木雕头像，天地君亲师的牌位。这里有五代后晋时楚王马希范与溪州刺史彭士愁罢兵盟约的五千斤铜柱，还有娶亲的花轿，哭嫁场面的彩照。以图片、以实物展示着这块土地上的民俗民情。漂亮苗条而又质朴的土家族、苗族姑娘，穿着鲜艳的民族服装，落落大方地为远方来的客人们击响苗家牛皮鼓，跳起土家摆手舞。鼓声或疾或徐，或重或轻。舞姿优美，舒展轻盈。在鼓声中，在舞蹈里，姑娘们再现着"播种、插秧、割稻、打场、庆丰收"的生产劳动过程，反映了人们对劳动的歌颂和对美好生活的向往。

鼓声、瀑布、河水，组成一个强大的磁场吸引着远远近近的人们。王村脚下那宽阔的白河上，驶来了乌篷船，驶来了小客轮，驶来了游览船。沿着码头上的百步石阶，走上来作家、记者们，走上来身背画夹的美院的教师和学生们，走上来寻找静和美的人们。他们从喧嚣的都市来，他们从戈壁大漠来。他们将不虚此行，他们将在这里找到所要寻找的。

芙蓉镇——王村，它左臂挽着大瀑布，右手牵着猛洞河，背负着它丰富的历史和现在，面向着不息的白河，它也将走出湘西，走向一个更加广阔的天地。

遥远的泸沽湖

没有朝圣者般的虔诚，你不要到这里来；

没有长途跋涉的脚力，你不要到这里来；

惧怕高峻凶险的山路，你不要到这里来；

泸沽湖，拒绝轻薄的亲近和虚浮的喧嚣。

你吹过了苍山的风，你沐过了洱海的浪，你领教过了玉龙雪山的凛凛寒气，你胆战心惊地匍匐过了那直把金沙江逼作一缕细线的云中之路。泸沽湖，才会为你撩开她那神秘的面纱。

这便是泸沽湖了，这便是你心仪已久的高冷之美。

只一眼，你便被泸沽湖醉倒了；

只一眼，你便被泸沽湖攫住了整个灵魂。

醉倒你攫住你的，是泸沽湖那超凡出俗的安详静谧，是泸沽湖那一尘不染的清亮洁净。未经任何尘世污染的泸沽湖澄澈碧透，穿过湖水，你可以历数水下十几米处悠闲来去的小鱼。洁白的雪山，苍绿的松林，摩梭村寨那童话世界般棕色的木刻楞房屋，还有郁黑的核桃树，白色的玛尼堆和橘红杏黄色的经幡，倒映在碧蓝的湖面上，朦胧而又迷离。黑色、白色、麻色的野鸭大雁，伴着摩梭人的独木舟，静静滑过……

恍惚间，你仿佛置身于东山魁夷的画中了，你仿佛置身于如幻的梦境中了。

你不是东山魁夷的画中人，你却真的是来到一个梦一般的地方。

是因为迷恋于泸沽湖的美丽安详吧，是因为沉醉于泸沽湖的超凡出世吧，沧桑满身的历史老人在这里停下了脚步，泸沽湖便凝固成为人类社会进化的一株银杏树。沿湖而居的摩梭人，那时还保留着母系社会的习俗。

泸沽湖，是一个纯净的女儿国；

泸沽湖，是一个千年不醒的梦。

绕过村头的玛尼堆，经过湖边那棵百年的老核桃树，你便进入了摩梭人聚居的村寨。

那整棵整棵的圆木叠成了墙，整块整块的木板搭成了顶的木刻楞房屋，便是摩梭人居住的地方了。屋顶上，那在高原的风中飘荡着的写满经文的绿红小旗，是在为不识字的摩梭老阿妈念经诵佛呢。院子里那棵裹着红布条的，是摩梭人家的神树，保佑着她一家人的平安吉祥呢。

走进那童话王国里才有的木刻楞房屋去吧，走进摩梭人家去吧，走进去，你便成了摩梭人家的贵客。

身穿长裙、头顶布帕的摩梭老阿妈，用你听不懂的语言，用你看得懂的笑容与手势，把你让坐在屋子中央的火塘边。老阿妈扒出煨在火塘里的热腾腾香喷喷的土豆招待你，用酥油筒搅拌出浓醇甘甜的酥香茶招待你。老阿妈的儿子，为你摘下挂在屋顶、腌得红亮滴油的猪膘肉。老阿妈的女儿，为你用刚提上来的洁净的泸沽湖水，炖上刚从泸沽湖里捞上来的小鱼。不加酱醋，不用味精，不撒杂七杂八的调料十三香。原汁原味的肉，原汁原味的鲫鱼汤，还有一大碗足够三个壮汉吃饱的素炒土豆丝。没有一句虚假的客套，没有一句甜蜜的礼让，摩梭人为你摆好了如他们一般质朴本色的白木方桌。

坐在木墙木顶的木刻楞屋檐下，高原的太阳热烘烘地暖着你，摩梭人的真诚好客热烘烘地暖着你。你吃着醇厚喷香的猪膘肉，喝着鲜美无比的鲫鱼汤。一只小黑猪欢快地跑过来了，一只大麻鸭摇摇摆摆地踱过来了，一只雪白羽毛大红冠子的鸡妈妈领着它叽叽喳喳的儿女们围过来了，一头大黄牛也哞哞叫着来到你的背后，伸出它温软的舌头对你表示亲热。它们是在参观你这远方的客人呢。你对小黑猪笑笑，用鱼骨头款待它；你对麻鸭和白鸡妈妈点点头，把碗中的米粒拨给它们；你拍拍大黄牛的脖颈，用热情回报它的热情。正当你被这些朋友的热情弄得应接不暇时，老阿妈又为你端来了自家渍的咸酸菜，端来了自家酿的玉米酒。她恨不能把家里好吃的东西全拿来让你尝尝。她抱歉家里好吃的东西太少，她抱歉让你这尊贵的客人受委屈了。好像这一切是她应当承担的过错。

哦，你热情好客的摩梭人哟。

哦，你淳朴善良的摩梭人哟。

在这深山之中，在这高原之上，在这远离其他人类社会的泸沽湖畔，摩梭人繁衍生息了多少个年代了呢？连村中最年长的长老也说不上了。他们伐山上的松树为屋，遮挡高原的雨雪风霜；他们取松树的枝叶为薪，燃起红红的火塘，驱赶高原的寒气。山下那虽然瘠薄却还平坦的土地，供给他们足够果腹的玉米青稞。他们并不富裕却很知足，他们感谢高山厚土使他们得以温饱。至今以松明蜡烛照明的摩梭人，保持着日出而作、日入而息的古风。男人们上山伐木，下田耕作，承担着如破木板、盖房子、砌猪圈这样的粗活，女人们则洗衣、做饭、带孩子、养猪、喂牛，操持屋里的一切。他们男耕女织，他们平和安静。摩梭人崇尚的品德是勤劳忠诚，他们厌恶的是懒惰欺诈。对偷窃，他们更是深恶痛绝的，以前对于偷窃别人财物的人，抓住了是要沉湖的，村里的长者这样说。像眼睛里揉不得沙子，摩梭人容不得一切恶行。

摩梭人世代实行阿夏婚姻，保留着母系氏族的生活习俗。他们男不娶，女不嫁。相爱的男女双方终生生活在各自的家庭里。白天，他们与自己的家人一起生活，劳作。待到夜幕降临，男方便赶到女方家里去团聚。由于没有家务负担，没有钱财争议，没有日夜二十四小时厮守造成的厌倦，男女双方始终相爱如初，相敬如宾。摩梭人的爱因为没有任何附加条件而显得纯真。他们不以夫妻相称，他们却是真正意义上的爱人。

在摩梭人家里，那身穿长裙、眉目慈祥的老阿妈是一家人的核心呢，老阿妈具有至高的权威呢。那年长的，是她的兄她的弟。那年轻的，是她的儿她的女，女儿背上背着的，是她的小外孙，一个小摩梭人。血毕竟浓于水，在这挣不断扯不破的血缘关系牢牢凝固在一起的摩梭人家里，母亲疼爱儿孙，儿孙孝敬母亲。母子之情、甥舅之情、弟兄姊妹之间的手足之情，使家庭成员之间亲密无间，温情脉脉。没有钩心斗角，没有你短我长。他们相互信任，相互呵护，相互依靠。你看老阿妈最小的儿子，那个十几岁的少年，怀抱着姐姐的孩子——他的小外甥，不停地捏捏小脸，摸摸头发，拍拍小屁股蛋，一副亲不够爱不够疼不够的模样。

你住在摩梭村寨里，你会感到这里氤氲着母性的仁爱，氤氲着女性的柔情。他们相互关心、友爱、亲密。一户人家要盖房子了，全村的男人都会赶去帮助锯木头破板子上房梁。一家的孩子要过周岁了，全村的女人都会去帮忙做饭、烧水、招呼客人。你住在摩梭人专为待客的木楼上，会有眉目清秀的少年为你端来洗脸的热水，会有漂亮的姑娘为你叠被铺床。而老阿妈那小小的外孙，会一时抱在一个小女孩怀里，一时又贴在一位老阿爸的肩上。初时你以为这都是老阿妈的家庭成员，待到该吃饭该睡觉时，你却不见了他们，原来他们只不过是来串门的。他们却像在自己家里一样，看见该干的活，随手也就干了。

如今，摩梭村寨常有山外来人。人来了，便要坐独木舟，便要游泸沽湖，便要上湖心小岛。为此，湖边一排溜停着几十只独木舟，沙滩上坐着划船的摩梭姑娘和小伙。你来了，他们只冲你热情地笑，却不争夺生意。选哪只船，上哪只船，你尽管从从容容地挑选去。待你与划船的姑娘小伙子坐好了，其他人便会过来助你一臂之力，让独木舟稳稳离岸。

在山外世界，在那些风光秀丽的旅游点上，你见惯了为争夺一个游客而拉拉扯扯，而撕撕拽拽。甚而至于恶语相向，甚而至于拳脚相加。你因此而为泸沽湖边的这份平和宽松而感叹。

船队是村里组织的。全村四十户人家，每户一人，分做两班，七天一轮。因此，大家机会完全均等，没有薄谁厚谁，没有偏谁向谁。摩梭人以他们自己独有的方式，公平地解决了一个山外世界的难题。

摩梭人不欺不诈，摩梭人不贪不求，摩梭人以最古朴的生活方式，体悟着生命与生活的本真。简直可以说，每一个摩梭人都是一个出世高人。

摩梭人有自己的节日，那就是每年七月底的转山节。

泸沽湖畔那端庄秀丽的女神山，是摩梭人尊崇母亲，尊崇女性的象征，是摩梭人的图腾。

转山节那天，摩梭人穿起节日盛装，来到女神山上。他们挂起彩旗，他们扬起经幡。他们把刚从田里收割来的青稞献给女神山。他们把自己酿制的玉米酒献给女神山。他们煮起酥油茶，烤上糍米粑。他们边歌边舞地，绕着女神山转了一圈又一圈。他们以每年一度的转山节，感谢女神山对摩梭人的佑护，邀请女神山与他们一起分享丰收的成果与欢乐，并祈求女神山保佑摩梭人永远平安吉祥。

如果你恰巧在转山节那天来到泸沽湖，那你便会融化在摩梭人忘情的欢乐之中。如果你不曾赶上摩梭人的节日，你也依然能够领略到摩梭人豪放乐观的天性。你须耐心等待，等待太阳从村寨西面的山顶落下，等待月亮从村寨东面的湖面升起。这时，便有悠扬的笛声响起来了，便有熊熊的篝火燃起来了。

摩梭人的篝火晚会开始了。

剽悍的摩梭小伙子穿着威武的长袍，漂亮的摩梭姑娘穿着美丽的彩裙。他们以熊熊的篝火为圆心，组成一个欢乐的花环。他们唱"高原的太阳多么温暖，泸沽湖水多么清亮，摩梭人世代生活在这美丽的地方"；他们唱"太阳和月亮是一个妈妈，他们的母亲是光明"；他们还唱"无论你从哪里来，来了就是我们的客人"。摩梭人个个天生一副好嗓子，男声，粗犷浑厚如高原的风；女声，清脆婉转似泸沽湖的水。当他们男女声对唱的时候，则诙谐幽默，充满了机智与智慧。歌与舞交替进行。在节奏感极强的"若若"的喊声中，在一支简单的竹笛的伴奏下，男男女女们一起，跳起舒展的锅庄舞，跳起欢快的踢踏舞。他们跳得脸庞通红，跳得神采飞扬。他们的歌舞具有极大的感染力，使你听得如醉如痴，使你看得血脉偾张，使你在不知不觉中卸下了都市人的矜持与含蓄，于不知不觉中挽起摩梭人的臂膀，成为这欢乐的一分子。你与他们一起，放开喉咙"若若"地喊；你与他们一起，舒展四肢大俯大仰地跳。你跳得满头大汗，你跳得忘掉了一切，你感到了从未有过的彻底的放松与忘我。

是夜，躺在摩梭人专为待客的木楼上，盖着摩梭姑娘用洁净无比的泸沽湖水漂洗得无比洁净，散发着高原太阳馨香的松软的棉被，在女神山慈祥的注视下，在泸沽湖温柔的喃喃细语里，你很快便沉入黑甜黑甜的睡乡。你果然有梦，你梦见自己变作一条银亮的小鱼，在纯净得不含一丝杂质的泸沽湖里，一朵云般地飘来飘去。变成了鱼的你还有思想，你想：山外的风吹来了，只愿这风不要吹皱泸沽湖水，只愿泸沽湖水永远保持它远离凡世一尘不染的洁净。

到胡同去

还得从前任美国总统老布什的办公室说起。

20世纪70年代末，布什曾任美国驻华大使，在北京一住就是四年。在这位前大使的办公室里，墙壁上挂着四个镜框。镜框里镶的是什么？

是西洋油画？非也！

是中国水墨画？非也！

是世界风景名胜？非也！

镜框里装的是四幅照片——一幅是北京老四合院的院门，门上贴着年画，门旁有石鼓，门上有个小小门楼；一幅是四合院里的平房，青瓦白墙，照片采用的是仰角，照出了青瓦白墙上方的一片蓝天，还有蓝天上飞翔的鸽群；还有一幅，走出了四合院，拍的是胡同转角处的一棵老树，大约是在冬季，老树树干苍劲，枝柯虬曲；最后一幅，便是胡同里电杆下几位正在下棋的老人。

四幅照片，出自同一个人的手中，这人是一位中国摄影师（很遗憾记不清他的姓名了）。这位中国摄影师的作品，不仅悬挂在美国驻华大使的办公室里，而且，不久后在北京掀起了一个不大不小的专项旅游热潮。

这专门拍摄北京胡同的照片，因其角度新奇，因其风味独特，引起了外国观光客的注意。他们不满足于仅仅观赏照片了，他们要走进胡同去，他们要身临其境，去亲眼看一看北京的胡同，胡同里的青砖瓦房，去看一看胡同里生活着的北京人。

于是，一支支车队应运而生了：一色的人力三轮车，三轮车的遮阳篷布上四个鲜红夺目的大楷书——"到胡同去"。到胡同去的三轮车一辆跟着一辆，往往是几辆十几辆连成一串，鱼贯而行。它们专拣胡同进，长而幽深的，短而显浅的，曲径通幽的，平坦笔直的。或者宽可行驶汽车或者窄得仅容两人通过。形形色色、深浅各异的北京胡同里，随时可见这种三轮车。车上坐的多是金发碧眼的外国游客。一段铺着青苔的砖墙，一只老屋的房角，几级四合院门楼前的台阶，一棵枝叶如盖的国槐，都能引起他们的惊叹和赞美……

"到胡同去"的三轮车队顿时成了京城一景，成了一项热门的旅游项目。

起因，便是一些拍摄胡同的照片，便是那位把胡同收进自己摄影机镜头的摄影师。

你不能不佩服这位摄影师。

在别人将镜头纷纷对准名山大川，对准灯红酒绿，对准靓仔靓女的时候，他却将自己手中的摄影机转向那人们几乎天天可以见到的老屋、古树。这就叫独具慧眼，这就叫匠心独运，这就叫另辟蹊径。

艺术的道路很宽也很窄，很疏松也很拥挤，关键在于是否找到了只属于自己的那"一个"。而且我以为这也许不仅仅是适用于艺术罢。

让我们也对自己说一声——"到胡同去！"

韩国小姐妹

那天，江西省文联为远来的客人接风。宾主正谈笑风生间，忽然冒出一个小小的女孩，这女孩比椅面略略高出一点点，她举着一只玻璃杯，玻璃杯在她那小小的胖乎乎的小手里是显得过于庞大了。这小小人儿，举着庞大的杯子，一个挨一个地与大家碰杯。她不说话，也不笑，只用那黑亮的眼睛盯着你，很严肃很认真很专注地做这件大事情。待和这桌的人全碰遍了，便举着那庞大的杯子奔向邻桌的爸爸妈妈那里。

小女孩是邻桌韩国金教授的女儿，三岁，她还有一个姐姐，五岁。金教授夫妇参加这次的庐山笔会，把小姐俩一起带来了。

每天，我们在楼里开会，讨论。小姐俩便跟着她们的妈妈在山间玩耍。她们看绿树青山，听蝉鸣鸟啼。在小草小虫间去寻找那小孩家的快乐。玩累了，便坐在山石上。妈妈拿出香蕉瓜子，她们便吃，吃完了，看看四周不见垃圾箱，便把香蕉皮交到妈妈手里。瓜子皮掉在地上了，不用妈妈开口，她们便会立刻用胖胖的小手把瓜子皮捡起来。

由于是在山上，一切粮菜油盐全由山下运上来，伙食很难尽如人意。我猜想金教授夫妇或许会为他们的小女儿另开小灶，或者从商店买些可口的食品，小孩子毕竟是小孩子么，如果换了我，我会这样做的。可是却不，每当开饭时，这小姐俩都和我们一起坐在餐桌旁，和我们吃着同样的饭菜。三岁的妹妹好动，常常是吃着吃着便跑开了，她的爸爸或妈妈便一次次把她揪回来按在椅子上。因此这一家四口便常常是最后一个离开餐桌。

我想，金教授夫妇不为他们的小女儿另开小灶，不另买食品，定然不是出于经济上的考虑。

那天去游锦绣谷。山谷名为锦绣，其风光之美之奇也就可以想见了。顺着石阶路上上下下，看不尽峭崖峻石，云飞雾起；听不够松涛竹韵，鸟鸣泉吟。走过了乱云飞渡的仙人洞，翻过了伟人拍摄照片的凌云处，待到了会议指定的集合地点，两条腿已有几分酸软，坐在石阶上休息。不久即见那韩国一家四口也赶上来了。爸爸牵着姐姐，妈妈牵着妹妹。

"抱着孩子游山，够累的！"我对金教授夫人说。

"不，没抱，是她们自己走过来的。"

"小的呢？"

"也是。"

不用说我是怎样惊奇了。我想起那年去游鼓浪屿，四岁的儿子大半时间是在爸爸的脊背上过来的。而这两个小女孩，尤其是那三岁的妹妹，竟然用她那两只嫩嫩的小腿，走这长长的大人尚且腿软的锦绣谷！

这两个小小的人儿似乎并不累，大人们都坐在路边的石阶上休息，她们却不停地跑来跑去，追逐嬉戏。追逐中，三岁的妹妹不小心跌倒了，便哇的一声哭了起来。这是几天中我唯一一次听到这小孩的哭声，看来真是摔疼了。近旁的人忙伸手去搀扶，不想那妈妈却向那人摆手示意，自己依然坐在那里不动。小女孩哭了几声，便自己爬起来，抬起那小小的手儿，抹去脸上的泪水，拍去身上的尘土，又跑去追她的小姐姐了。看来，跌倒了自己爬起来，在她已自小成了习惯。

与金教授闲聊时他说，孩子太小，这次带出来大概不会给她们留下多深的印象，长大了，可能就全忘了。

不，教授先生，等她们长大了，庐山对于她们也许只是恍如梦中情景。但她们在这里所吃的不合口的饭菜，她们用嫩嫩的小腿走过的长长的山道，你们夫妇随时随处对他们的严格要求，你们教育孩子的方式，将会使她们受益一生。

看着这韩国小女孩，看着这一家四口，我想到了自己的孩子，想到了自己，想到如我一样的中国的爸爸妈妈们，在我们对待家中那个"小太阳"的态度中，我们是否多了一点什么又少了一点什么呢？

话说"当年勇"

中国有许多俗话俚语，是颇耐人寻味的。

"好汉不提当年勇"便是一例。其间包含了多少韶华已逝的无奈与英雄末路的悲凉。

其实，只要你不慨叹"今不如昔"，不自比"明日黄花"，"当年勇"提提又何妨。也许，它能让你捡起一路行来不经意间丢掉的许多，甚而至于"老夫聊作少年狂"也未可知呢。

难忘尕拉斯台

刚穿上军装的那个春天，师首长命我随一位干事、一位老兵到连队体验生活。我便与老兵一起，把自己和背包扔进大卡车里，来到尕拉斯台，与先期到达的干事会合。

这是个蒙古族牧村。向西看，茫茫戈壁在目力可及的地方与天空融成灰灰黄黄的一片。向东，是一派高高低低的山峰。十几间泥墙泥顶的黄泥小屋，散漫在这戈壁与大山的接合部。一个营的施工部队驻在牧村边缘，打坑道。

干事与老兵属男性，挤一挤，在营部通信班落了脚。余下我不好安排，住进牧民家里。牧民们都赶春季草场去了，这家实际只住了我一个人。

房子分里外两间。里间，面对面两盘光秃秃的土炕。中间是一张已看不出油漆颜色的木桌。外间屋，一只高达胸部的木柜，柜上无锁，柜内无物。正对着柜子上方的屋顶，开一个桶口大小的洞。盯着那洞琢磨半晌，不知它所为何用。门上既无锁，又无栓，好在尚可用条长木凳象征性地顶一下。不过里间屋的门却是既可以向里推，又可以往外搡，属开合自由的那一类。这使我相信牧村实质上是个夜不闭户的地方。不过房后那一堆几乎与房顶等高的柴草却使我顿生疑惧。因为踩着那柴堆上到房顶实在只是需要抬抬脚而已，而房顶恰恰有个大洞，洞下面又正好就是那个高高的无锁无物的木柜。

房子是孤零零的一间，左邻右舍相距均在百米以外，用军事术语说，是"独立建筑"。

正是讲阶级斗争的年代。我被告知，那左邻右舍中，一个曾是王爷的管家；一个当过土匪头子郭栓子的警卫员；还有一个，索性本人就是过去的牧主。这环境，这房屋，在今天大概很可以编它几个版本的惊险故事了。

我在这孤零零的房子里住了下来，营教导员曾为我另外找了个地方，来营里检查工作的团长也曾问我需不需要一把手枪，却都被我婉谢了。

白天，随着干事与老兵，到戈壁滩上看军事训练，或者爬上高高的山坡，看连队战士穿着破破烂烂的"堪用品"，抱着风钻把大山钻得尘雾飞扬。不仅仅是看，也曾经握过钢钎，也曾经抬过灰浆。连队生活的艰苦与劳累，使我大为感动。不去连队的时候，便到牧村里，与留守的老人妇女聊天，磕磕巴巴地学几个蒙语单词。开饭了，便和营长教导员通信员文书们挤坐在一张长条桌子周围，吃不知什么面粉做成的黑乎乎的馒头，或者同样不知什么面粉做成的黑乎乎的面条。桌子中央是一盘炒萝卜丝或者炒白菜。另有一小碟油泼辣子，是每顿饭的保留节目。

水是汽车从几十里外拉来的，储存在食堂门口的矿车里，就是煤矿上常见到的那种。知道水在这里的珍贵，便很节省地用。每天早晨，从矿车里舀半盆冷水，再从灶房的大铁锅里灌一暖瓶开水，一天的洗漱饮用便都包括在里面了。当然，也曾避开干事和老兵，悄悄溜到那一间土房子的供销社，买半斤不知用什么原料做的咖啡色的硬糖块，一个人偷偷地吃独食——不敢让干事和老兵发现这吃零食的坏习惯。

春天，正是风沙肆虐的季节，常见一片黄云从西北方向升腾起来，不多时，大风便卷着沙石，铺天盖地而来。躲在房子里，听沙粒冰雹一般打得门窗噼噼啪啪响成一片，听风在房外吼叫得如狮如豹，如醉如狂，便感到这世界似乎除了风之外再无别的物体存在，便想象这房屋成了怒海中的一叶小舟。

没有风的日子，天蓝得像湖水一般，不知名的小草在戈壁滩上洇染出一点一点的绿色。沙葱从石缝下钻了出来，一簇一簇的骆驼刺顶着紫罗兰色的小花。最让人惊奇的是，村子中央居然有一块麦田。虽然不过百米见方，虽然被一人高的围墙牢牢地圈了起来，但毕竟它也和任何麦田一样，在春日的阳光下像模像样地绿着，在春风的抚摸下泛出一波连一波的涟漪。更让人叫绝的是，麦地中央，竟然奇迹般涌出一股清凌凌的泉水。而泉水旁，又竟然亭亭玉立着华盖般的一棵杏树。于是，这麦地这泉水这杏树，便给我尕拉斯台的生活添上了水灵灵的一笔。

夜来了。戈壁滩上的星空显得格外高远。高远的星空下，偶尔响起几声牧羊狗的吠声。理所当然的，这里没有电，干事和老兵和我便点燃一支蜡烛，坐在土炕上聊天，海阔天空，所见所闻所感。偶尔的，也玩。他们下象棋，我不会。为了照顾少数，就通俗点，打扑克，我便在那摇曳的烛光下学会了"争上游"和"十一分"。10点钟，营部那边传来就寝的哨声，干事与老兵极遵守时间地返回通信班。我呢，便用长凳顶上房门，爬上土炕，抖落掉黄军被上的尘土，吹熄蜡烛钻进紧挨炕头的被筒里。房外的戈壁、大山，房后的柴草，房顶的大洞，特别是那墨一般的黑夜，也使我心里发毛，可惜不过几分钟，我便被沉沉的睡意拖进梦乡里，睡得香甜，踏实，不知道失眠是什么滋味，甚至连梦都不曾有过一个。

半个月后，当我回到宣传队，讲起这十几天的生活时，女兵们都说我胆子大，说换了她们是无论如何也不敢在这样的地方住的。我不知道我胆子是否大，只知道那时似乎从不曾惧怕过什么，从人到黑夜到孤零零的房子。

我曾请教懂蒙语的同志，尕拉斯台译成汉语是什么意思，终未曾得到明确的回答。那就让我永远记住你本来的名字吧——尕拉斯台。

兰州夜行

那一年，大军区举行文艺调演，我因在一个创作班学习而未能与宣传队同行，只好参加后一轮的观摩。与其他部队的几个女兵一起，住在甘肃省军区招待所里。

一天，拿到晚上的戏票，地点是战斗文工团礼堂。同室的姑娘告诉我，从我们住的地方到战斗文工团要坐公共汽车，然后要经过一大片菜田，而那菜田晚间是没有人迹的，一个人走是很可怕的。去还是不去？犹豫了一会，我决定还是去，不然我所为何来。晚饭后，待我在距文工团最近的车站下了汽车，天已大黑。向前望去，只见两壁黑黢黢的土崖，山一样立在两边。中间一条小路，伸向墨一般的黑暗。黑暗的彼岸，遥遥地闪着灯光，那是文工团的所在地。

站在土崖下，面对那浓浓的不可知的黑夜，才确实是犹豫了。但是既已来了，断没有中途返回的道理。于是，把两条辫子盘起来，扣在军帽里，打开折叠式的旅行剪刀，紧紧攥在手中。并且故意加大步伐，故意增强身体左右晃动的幅度——为的是看上去更像个小伙子，便雄赳赳战兢兢地踏进了黑暗，踏上黑黢黢的土崖下同样黑黢黢的小路，踏上菜田里凹凹凸凸的田埂。好漫长的一段路啊，当我终于来到战斗文工团的灯光下，只觉得后背的肌肉已经绷得发酸了。

要看的戏已经开演，什么内容早已忘记了。只记得幕间休息时遇到一个熟人，当他得知我是一个人摸黑从菜田走过来的，便点着我的鼻子说："你这丫头胆够大的！"之后便去给我找车。戏散场后，我是搭了便车回到招待所的，不然我真不知道该怎么回去——那一片菜田我是绝不敢再走第二次了。

山花朵朵

——给战斗在边疆的女战士

放映员

披一身风尘，映满脸霞光。肩头，扛负着放映机箱；脚下，踏破瀚海沙浪。边防部队的女放映员啊，英姿飒爽，斗志昂扬，纵横千里，转战边疆。把电影送到连队、哨所，把党的关怀带进边卡、营房。

这里，没有张挂银幕的舞台，更没有宏大宽敞的影院、剧场。有的是座座沙丘、滚滚黄浪，还有春日的风沙，盛夏的骄阳，秋天的毒蚊，严冬的雪霜……

但，这一切，在你的眼里，又算得了什么！连队的操场，是多好的露天剧场；哨所的墙壁，张挂影幕更便当，至于严峻的气候，瀚海中的沙丘、黄浪……正好把革命意志锻炼得更坚强，把身体磨炼得更强壮！

工作劳累吗？条件艰苦吗？且听，伴着笑声，你的回答何等豪爽："面向连队为兵服务，越苦越累心里越欢畅！"

你把党的阳光雨露洒在战士们的心房，你把高产的捷报、丰收的喜讯传遍军营。看"大庆红旗"满天飘扬，"大寨红花"遍地开放，战士们个个欢欣鼓舞，心红眼亮。看硝烟弥漫的《新闻简报》，非洲大陆上咚咚的战鼓，柬埔寨丛林中闪光的刀枪，一齐化作革命风雷，在战士们的胸中激荡。待明日，练兵场上，杀声震天，战斗的意志更顽强。啊，放映员，你给大家送来了精神的力量，给大家增强了保卫边疆的无穷信念……

银幕映丹心，边疆春花放。

茫茫大漠，撒遍你前进的足迹，巍巍群山，飞扬着你豪迈的歌声：

祖国边陲随我走，

高山大漠任我闯；

乐在天涯干革命，

火红青春献给党。

边疆部队的女放映员们，你像沙漠上的红柳，沐朝阳，郁郁葱葱；你像碧空里的雄鹰，驾长风万里翱翔……

守机员

红闪闪，绿莹莹，是宝石？是流萤？不，那是总机台上的红绿信号灯。

机台旁，年轻的守机员，头戴耳机，手握塞绳，从日到夜，从黑到明，接通千万次电话。

头脑中牢记党的教导，胸怀里汹涌着青春的豪情。别看这耳机小小，塞绳轻轻，她呀，可掂得出分量能有多重。头上耳机，听的是五湖四海的涛声；手中塞绳，连接着部队的根根"神经"；"准备打仗"，她时刻牢记在心；"为人民服务"，她忠心耿耿。为用户通话，从不烦千查万找；为战备值班，日夜里把心弦紧绷。"电话跟人走"，是首长对她的赞语；"人民的接线员"，是用户对她的称赞。在平凡的岗位上，她是一颗闪闪发光的螺丝钉。

塞绳连天下，银线通北京。战斗号令经她下达，重要消息由她传送。抢时间，战斗命令瞬息到边防；塞插处，胜利喜讯顷刻遍军营……

守机员啊，以塞绳为梭，银线当纬、当经，辛勤纺织着一幅保卫边疆而英勇战斗的壮丽图景；以振铃当键，机台作琴，精心弹奏着社会主义革命交响乐里的一组和声。

卫生员

亲切的笑脸上，饱含着战友的深情；雪白的工作服下，跳动着火热的红心。"白衣战士"这称号使你感到无比自豪和光荣，也更使你懂得自己的工作和责任重千斤。

你在日记本扉页上，贴着两张照片——白求恩、雷锋；沸腾的心胸里，铭刻着八个大字——"精益求精、极端热忱"。英雄人物，是你做人的楷模；八个大字，是你工作的标准。

清晨，东方欲晓，朝霞似锦。你在起床号前起身，扫病房，拖地板，送药片，量体温……

晚上，星汉低垂，月光如银。早已夜静更深，你还在巡视病房，慢抬脚，步儿轻，看病员睡得可安稳……

为提高医疗技术，你在自己臂上学注射；为病人早日恢复健康，你在自己腿上练扎针。一次次肿了又消，一回回消了又肿，你说："为了不让病人受痛苦，宁给自己扎上千万针。"

病人的痛苦，你感同身受；病人的情况，你了如指掌；这位同志的眉头微微一皱，你知道是伤口发作，讲起英雄故事，使他战胜病痛的勇气顿添几分；那位病员的饭量减少，你猜到是食欲不振，亲手熬好了糖粥，热乎乎，甜津津，阶级的深情啊，温暖着战友的心。

为工作，你竭尽全身力气；对病人，你献出一颗红心。同志们叫你"闲不住"，病员们称你"贴心人"。你却腼腆地一笑："离党的要求还差得很远，在革命的大道上，还要快步紧跟！"

故乡人物

大嘴爷爷

他似乎是姓李，也许是姓藩。大人们喊他大嘴，我们小孩便喊他大嘴爷爷。

不记得他嘴是如何得大或大到什么程度。只记得一张黑瘦倔强的老脸，密集的皱纹却又笑出一脸慈祥来。

他似乎没有老伴，因为我记忆里没有"大嘴奶奶"；好像也没有子女，因为我记忆里也不曾有"大嘴叔叔"或阿姨。记忆里，他就是个孤零零的孤老头。

我之所以难忘大嘴爷爷，原因有二。

其一，因为大嘴爷爷是卖炒花生的。

吃零食，是几乎所有孩子的爱好，幼年的我当然也不例外。不过饼干糖果之类我自幼不爱（且至今不爱），只拣那些自然生长的瓜果吃。若按喜好程度排列，那便是：水蜜桃、水红菱、清甜的莲子和甜蜜的樱桃，还有那绿荷叶包着的开口掉渣的五香蚕豆。无瓜果的季节，退而求其次，便吃炒花生和核桃仁。而且任性到莫名其妙，像现如今的大老板一样，烧鸡一定要吃某某家的，豆腐皮一定要吃某某家的，而炒花生，则认准了大嘴爷爷的那个藤条筐子。每每拿着母亲给的零钱，便飞奔到大嘴爷爷的小茅屋去，去吃大嘴爷爷的炒花生。

大嘴爷爷的花生的确好吃，又香又酥又脆。以后的年月，我吃过不少的花生，却再没有吃出那份味道来。

难忘大嘴爷爷的第二个原因，却是因了他对小孩子的庇护。大嘴爷爷自己没有孩子，却极爱别人家的孩子。且最见不得父母打孩子。谁家大人打孩子，若被大嘴爷爷看见，他便会大声训斥那人，如训斥自己的儿子一般。此时的大嘴爷爷，黑黑瘦瘦的脸一片涨红，青筋暴突，平时的慈祥不见了，全然一个倔老头的形象。他会拉过那鼻涕眼泪满脸、委屈万状的小孩，老狼护仔一般地护在自己怀里。

为此，大人们骂他是倔老头，骂他多管闲事——自然是在背后，自然是偷偷地。

为此，小孩们最喜欢大嘴爷爷，把他当作保护神。他的小茅屋，也成了大家的避难所。

小时的我，由于任性，由于不好好吃饭，由于不穿妈妈给做的花衣服，当然也由于妈妈性格急躁，间长隔短地，难免挨顿打。因此便间长隔短地到大嘴爷爷的小屋去避难。躲在门背后，听妈妈向大嘴爷爷认错，听妈妈和大嘴爷爷两国交兵似的讲交换条件，然后大嘴爷爷把我从门背后拉出来，做一番"要听妈妈的话"，"要做乖孩子"之类的教导，再把我推到妈妈面前。

大嘴爷爷一世无儿无女，但他的炒花生和他的茅草屋将永远留我记忆里。

我的小伙伴们当也如此，我想。

乞学者

不知道他的姓名，也不知道他的年龄。

只知道我刚踏进小学校门，他已是五六年级的"大"学生了。

记住他，因为他是一个乞学者。

他是个孤儿，或许有哥嫂，但无力供他读书。

然而他依然在读书，当然读得十分艰难。

——隆冬时节，我穿着厚厚的棉衣，厚厚的棉鞋，依然冻得双颊红肿，涕泪横流。却时常看见他穿着破单裤、光着双脚走过满是泥雪的校园。一只胳肢窝下夹着书本笔墨，另一只胳肢窝下夹着双不知谁个送给他的单鞋——那鞋是进入教室后才穿的。

——放学了，我们一溜烟跑回暖融融的家里。等着我们的是热乎乎的饭菜和母亲温暖的笑脸。他却无处可去。有时被老师留在教工食堂吃一顿，有时是被学生家长们喊到自己家去。

也到我家来过，恭恭敬敬喊一声叔叔婶婶，便不再多话。饭桌上也不见他狼吞虎咽，只是沉沉稳稳地吃。吃完了，轻轻鞠个躬，便退了出去。那神态，从此便深深印在我记忆中，后来看到不卑不亢这个词，才明白了那神态的全部。

不知道他在班里如何表现，只知道每当学期结束时，他总会从校长手中接过三好学生的奖状和奖品。

不知道他后来境况如何。可以肯定的是，一个吃着百家饭，仍孜孜以求的少年，定会敲开命运的大门。那踏过泥雪的双脚，定会带着他踏上一条坚实而辉煌的人生道路。

我给我儿子重复讲述着乞学者的故事。

三姑娘

"三姑娘"其实不是姑娘，是个男孩子的外号。叫他"姑娘"，是因为他圆圆的脸蛋，大大的眼睛，长长的睫毛，还有那圆圆脸蛋上两个圆圆的酒窝，更是因为他那比姑娘家还要灵巧的双手。

"三姑娘"的手巧，在那条街上是出了名的。

他会用红红绿绿的彩纸，扎出大大小小各式各样的花朵；他会用高粱皮儿毛竹篾儿编成小巧玲珑的小笼儿小篮儿；他能把一根棉条变成一只雪白的小鸟。一把剪刀一张纸，他就能剪出小猫小狗小人儿。没见他跟谁学过，完全是无师自通。

"三姑娘"颇受人们的欢迎。逢年过节，红白喜事，人们便找他去帮忙。年节时，他用青青的竹枝和绿绿的柏树叶，为主妇们在堂屋的八仙桌上布置出一个孔雀开屏式的花篮，上面点缀红的花、白的鸟。人家结婚时，他又能用红绸红纸红丝带，为新郎新娘营造出一个喜气洋洋的新天地。那年月喜事多，常常是鼓乐喧天。每逢此时，"三姑娘"便去，扎纸花，搭彩门，大显身手。

"三姑娘"比我们大不了几岁，却如此与大人们平起平坐。这使我和小伙伴们羡慕得眼睛发红。

这多年，再无"三姑娘"的消息。想来，凭了他的巧手慧心，他或者成为美术院校的学生，或者自然成长为一个民间艺人。

在这多姿多彩的年代，他该会用那双灵巧的双手，为自己创造出多姿多彩的生活吧。

李　娘

李娘，是母亲的朋友，同住一个院的邻居。

李娘自己没有孩子，因此便很喜爱我。喜爱的表达方式，就是常给我一些色彩美丽的毛线头儿，让我扎小辫或者送给小伙伴们。

李娘的毛线头儿多，是因为她常给别人织毛衣，她差不多是以此为生的。李娘毛衣织得好，活细，针匀，花样多。附近的人们总是请她帮着织毛衣毛裤，完了给一些报酬。我至今一想起李娘，便是她手执竹针，不停编织的形象。

李娘织毛衣的技术是从上海学来的。

李娘是见过大世面的。

李娘的丈夫高叔，曾在国民党军队里做军医，且已做到校官军衔。住在上海，正是灯红酒绿，春风得意。可鬼使神差，灯红酒绿中的李娘却无端害起思乡病来，执意回归故乡。高叔拗李娘不过，便辞去军职，离开十里洋场，回到淮北乡下。

高叔既然能当上军医，自然是上过学的，自然家里颇有些田产店铺。随着时代的变迁，高叔和李娘的日子很快便不那么好过了。李娘便凭了在上海时学来的织毛活的技术，拈起四根竹针，织出了两口子的吃穿用度。当初学织毛活，本是当官太太的李娘为了消磨时日的，像搓麻将跳舞一样。如今竟然成了谋生的手段。这使李娘颇有命运无常的感慨。

到了瓜菜代的年头。人们的心思全部集中到了嘴上，没有谁还会顾及毛衣毛裤，李娘和她的四根竹针便闲了下来。闲下来的李娘便断了生计。

李娘决定去东北关外投奔亲友。这次轮到高叔了，高叔执意再不离开家乡半步。以此表示他对当年李娘思乡病的愤怒。

矿山二题

矿山路

若有人问我，你从矿山来，那儿给你印象最深的是什么？我会首先回答他，是路，是矿山上的路。

矿山路，九曲十八弯，翻山越岭，盘旋而来。那是一条繁忙的路，热闹的路。解放牌，日野车，大嘎斯，一辆紧接着一辆。还有那长龙般的火车，喷着白烟，鸣着长笛，呼啸而来，呼啸而去。运进一车车建设物资，拉出一车车乌金墨玉。置身在矿山路上，你会觉得生活都是沸腾的，喧啸的；你会强烈地感受到祖国建设的脉搏在有力地搏动。

然而，你若以为矿山的路是向来如此，那你可就大错了。矿山路，它流逝过岁月的风雨，经历过历史的严霜。

如果把历史的画卷翻回到几百年前，我们看到的是这样一幅画面：关山重重，大漠茫茫，一队荷矛持盾的士兵，佝偻着肩背，在塞外的寒风中抖瑟着，蹒跚而行。黄沙衰草，西风残照，一片萧索悲凉。而当一弯残月无力地悬挂在关山顶上，从军营帐篷里飘出一缕哀怨的芦管声，那样凄清，那样悲苦，唐代诗人李益在霜夜中苦吟："不知何处吹芦管，一夜征人尽望乡。"目断关山不见家，不知何处是归程。这里，演出了一幕幕兄弟民族互相残杀的悲剧。

岁月的车轮缓慢地碾过，却没有给这里留下一点印痕。依然是黄沙衰草，依然是西风残照，依然是寒风里响过几声单调的驼铃。没有一丝生路的人们，在不足二尺宽的小道上，手攀足蹬，艰难地挣扎着，到山里背煤驮煤，供达官贵人们取暖作乐。行路难，行路难啊，几时才能"一条大道上青天"呢？

终于，荒寒的岁月过去了，荒漠的景象一扫而空了。于是，一条公路奇迹般地出现在崇山峻岭之中，当年拉骆驼的人，当年被背篓压弯了脊背的背煤人，都成了筑路队伍中的英雄。千仞绝壁被劈开了，百尺深沟被填平了，一条沥青公路，像一条黑色绸带，飘飘扬扬，直甩到大山深处。山，再不是与外界隔绝的了，地下宝藏见了青天，矿山路，像一条纽带，把塞外深山同祖国各处连接了起来。

从山下看，矿山路犹如一条青色巨龙，在深山幽谷间盘旋，忽高忽低，时隐时现，上下千仞，来回九叠，欢腾跳跃，呼啸而来，直落到你的脚下。你不能不为这磅礴的气势叫绝，引得你直想跨上骏马，纵缰驰骋。马是没有的，汽车却是络绎不绝。在城市的柏油路上散步惯了的人们，不妨到矿山路上来领略一下这里的风光。自然，这儿没有小桥流水，没有清溪阡陌，但它那雄浑的气魄，却更能激人奋发。

乘车在矿山路上奔驰，路旁刚刚闪过一个大大的"！"，紧接着又是一个急转弯的路标，路时而像支冲天响箭，直向山顶射去，时而江河经地，一泻千里。这时，你只觉得耳边风声呼呼，眼前山影幢幢，白云在车外浮游，苍鹰在脚下盘旋。正行间，眼前只见一面绝壁当路兀立，你脑子里刚来得及闪过"山重水复疑无路"这样的句子，汽车一转，面前早又是一片新天地了。忽地，又是一山，拔地突起，扑面而来，只见司机一打方向盘，大山已经让到你的车后了。

如果你在赞叹矿山路的同时，还能顾及向窗外张望的话，你就会发现，在那绝壁峭峰之上，时不时有几根牢牢扎在岩石上的钢钎，下面荡着一截绳子。若是碰得巧，司机是当年筑路大军的一员，他就会自豪地告诉你：那块山洼，是他们当年安营扎寨的地方；那个山坡，是他们当年建起铁匠炉的所在。在这座座山峰上，他们曾顶着七月的骄阳，展开百日大战，在那条条山涧里，他们曾冒着三九严寒，筑起公路大桥。随着司机的叙说，你眼前就会出现一个个激战的场面：红旗飘飘，号子声声，小推车来往如梭，开山炮轰轰隆隆。这开山劈岭的场面之恢宏，比起几百年前金戈铁马的战场，有过之而无不及。这时，你怎能不心潮激荡，对筑路英雄们的钦佩之情油然而生。是啊，正是那些无名英雄们逢山开路，遇水架桥，使这躺了千载、睡了万代的古战场苏醒过来，为祖国的建设事业源源不断地献出大量乌金。

当你正一路赞叹时，矿山路已把你带到了矿山的腹地，顺着这条路，你可以到百米井下，参观一下矿工们的工作场景；你可以到工人新村，看看矿工们的幸福生活；你可以逛逛矿山的商店，欣赏那五光十色的商品；你可以到矿山子弟学校，听听那琅琅的书声；你更应该顺着矿山路，到选煤楼下去，那条长长的钢铁长龙上，拖着几十节车厢的火车头，正喷云吐雾，挟风携电，震地驰来。公路、铁路，在矿山上纵横交错，那样繁忙，那样热闹，汽笛声声，不舍昼夜。到处是歌声笑语，到处是沸腾的生活。矿山路，把塞外高山和祖国万里山河紧紧联系起来。矿山路，给矿山儿女送来祖国母亲的温暖，又给时代列车添煤加热。矿山路，不正是新长征万里征途的组成部分吗？

煤城树

提起煤城，人们眼前自然会浮现出成群的煤山，成列的煤车，高耸的选煤楼，低矮的烧炭窑，到处是煤堆，满眼是黑色，连大街的柏油路上，都浮着一层薄薄的煤尘。

但是，你若到煤城走上一趟，就会发现你的想象和实际相差多大的距离了。

到煤城来，迎接你的，首先是路旁那两行整齐的白杨树。走进煤城，你会看到，商店门口，职工宿舍楼前，工人新村的家属院里，甚至在矿井的井口周围，或三五成群，或单株独立，到处是绿树，满眼是绿色。它们飘荡着绿的长发，挥舞着绿的手臂，潇潇洒洒，唱着绿色的歌来欢迎你。其实，你所见到的不过是这支绿色大军的游击小分队。你只不过才来到一个绿色海洋的边缘。

穿过大街，跨过小石桥，眼前一片密林。这里，是绿色大军的大本营，沙枣树成片成群，杨柳树成排成行，葡萄藤牵着手儿，在绿树间穿行、盘旋，搭出一座座绿色的凉棚；垂柳丝随风摇曳，翩翩起舞，浮动着一团团绿色的云。小鸟在枝头"啾啾"作歌，清溪在树下"叮咚"弹琴。这里，风是绿的，空气是绿的，就连从绿叶间筛下来的阳光，都显得那样绿茵茵的。这时，你才会真正体味到"饮绿"二字的妙处。在这绿色大军中特别值得提一笔的，却是树中丈夫——白杨。你看它们站在那里，挺拔，伟岸，横看成行，竖看成列，正如一队英武的士兵。古诗云："白杨多悲风，萧萧愁煞人。"那实在是天大的冤枉。境由心造，在失意、颓丧的古诗人骚客眼里，秋风弄叶，自然是一片凄凉，其实，愁与不愁，干白杨何事？今天你再看，白杨枝叶摇曳，那是为新生活击节赞叹；白杨飒飒作响，那是为煤城人们崭新的生活喜唱赞歌。

每天清晨，当薄雾在绿树间轻轻飘漾，煤城的人们三三两两来到这里。退休的老矿工，打上套太极拳，颐养天年；像带着露珠的花朵一样的红领巾们，在这里琅琅诵读；矿山文工团的演员们，在这里练早功，吊嗓子；骑着自行车上早班的人们，也跳下车来，在这里做几次深呼吸，然后，带着一腔子新鲜空气，走进百米井下。

当夕照映在绿树梢头时，这里更热闹了。棋迷们在葡萄架下的石桌上对弈；共青团员围坐在林间的绿草坪上开着小组会；静悄悄的树林深处，时不时闪过一对相依相偎的身影。

煤城人对绿树这样喜爱，因为这是他们用滴滴汗水浇灌起来的呀。十几年前，这里还是"地上不长草，天空无飞鸟，风吹石头跑"的戈壁沙滩。是煤城的人们，用双手描出青青柳色，给黑乎乎的煤山穿上鲜绿的衣裙。春风又绿煤城树。十里煤城，绿荫宜人，绿叶婆娑。

煤城树，像它们的主人一样，顶住风沙，扎根塞上。它们那象征生命的绿色给煤城带来无限春意。它正如路边的凉亭，供新长征途中跋涉的人们歇脚纳凉。当人们精力充沛地大踏步前进的时候，怎能忘记那浓绿苍郁的煤城树呢？

世间再不见贤亮

　　按照民间的说法，今天是"五七"，贤亮，你走了已经三十五天了，我却总是不愿、不能、不想相信你已经离开了这个世界！虽然已经告别过了，虽然亲眼目送你走过了在这个世界的最后一段路，我却总觉得这一切是那样的不真实！

　　1979 年下半年，《宁夏文艺》（《朔方》的前身）连续收到几篇小说，《四十三次快车》《吉普赛人》和《霜重色愈浓》，文笔老到，立意高远，在一大堆来稿中鹤立鸡群，一看作者就是受过很好的文字训练的！几篇小说都在重要位置刊发，随之而来的是作者的信息：张贤亮，1957 年因在《延河》发表诗歌《大风歌》被打成右派，在农场劳改二十多年，现在南梁农场中学任教！领导爱才，张贤亮顺理成章地调入《宁夏文艺》任编辑！

　　一件农场版的的确良黄军装，掩不住高大挺拔的身材，谦卑、寡言却绝不猥琐，周身透出浓浓的书卷气！你就这样走进了《宁夏文艺》编辑部，也走进了我的生活！

　　一间十几平方米的小屋，做了我们的新房！一张双人床，一个大衣柜，另有一对你从农场带来的自制的土沙发，便是我们全部的家当！

只是那沙发很是奇怪，只可端坐，不可后靠，人坐在沙发上，若想放松一点，向后靠去时，那沙发靠背便会顺势驮在人的后背上！所以无论主人或是客人，便一律像小学生一样，端端正正，正襟危坐！

婚礼在单位会议室举办，没有婚纱，没有酒宴，甚至没有钱做一件新衣裳，你穿着你农场版的黄军装，我穿着从学校带回的衣裳，同事们用红纸做了两朵红花，别在我俩的衣襟上，这便是新郎和新娘！单位的领导、一位延安时期的老革命主持了婚礼，几乎单位的全体同事参加了婚礼，简朴到极致，却也真诚热烈到极致！招待他们的只有放在会议桌上的一些葵花籽，还有一些花花绿绿的水果糖！

在那十几平方米的小屋里，你从身上掏出你仅有的七元钱，交到我的手里："咱们这个家今后你当家！"看着你那条穿了不知道多少年，你亲手用黑白两色生羊毛织成的，已然破得几乎只剩两条腿的毛裤，听你讲二十二年的劳改生活，听你讲你"从死人堆里爬出来"的经历，我的心紧缩着，颤抖着！

每天清晨，你骑着除了铃铛不响，到处都响的用二十八元钱买来的二手自行车，我坐在后座上，湖滨街、利民街、新华街、电影机械修配厂，迎着春日的暖阳，我们上下班！一天又一天，我们很清贫，可是我们很快乐！

有一天，我们看到《宁夏日报》刊登的灵武农场严纪彤、王柏龄夫妇二人的事迹。他们是巴西华侨，为了热爱的事业，他们放弃了国外优裕的生活，谢绝了亲人的挽留，毅然回到祖国，回到灵武农场！经过多年的潜心研究，他们培育出了一种新型的肉猪品种，从而丰富了宁夏人民的餐桌！这是一个很好的报告文学的题材，你和我向领导请求到灵武农场采访！他们的事迹，使我们深受感动，也触发了你创作的灵感，你一气呵成写出了小说《灵与肉》，在《朔方》发表，同年获得全国优秀短篇小说奖，随即被拍摄成电影《牧马人》！一经放映，立即在全国引起轰动！"张贤亮"这三个字也从此被外界广泛知晓！

双喜临门，伴随着《灵与肉》的发表，我们的儿子出生了！不知道该怎样抱孩子的你双手托着襁褓中的婴儿，一步步登上四楼我们的新家，喜极而泣："想不到我张贤亮这辈子还能有儿子！"四十五岁的你终于有了自己的后代！

自《灵与肉》发表后，一发而不可收，《河的子孙》《男人的一半是女人》《龙种》《绿化树》《邢老汉和狗的故事》《早安！朋友》《习惯死亡》……短篇、中篇、长篇，《十月》《当代》《收获》《小说月报》……"张贤亮"这三个字频繁出现在读者眼前！全国优秀短篇小说奖、全国优秀中篇小说奖、各种刊物奖……获奖证书、奖牌、奖章摆满了书架，塞满了抽屉，你被大家戏称为"获奖专业户"！如积压太久的地火，一经爆发，便烈焰烛天；如汇聚太久的洪水，一朝破堤，便惊涛裂岸！20世纪80年代的中国，真是文艺的春天！你的创作至此呈井喷状态，成为中国文坛一道瑰丽的风景！你也成为中国文坛一位重量级的作家！你的作品因在思想和艺术上的独特探索，一次又一次引起反响，影响波及世界文坛！无论是你的中短篇小说，还是你的长篇小说，所涉及的题材都是重大的，具有与时俱进的时代意义，而且，你对此有着深刻的反思；作为一个资本家出身的知识分子，党的十一届三中全会后，你不仅得到了平反，同时又成为改革开放的受惠者！于是，在清水里、血水里、碱水里泡过、浴过、煮过的你用充满智慧的大脑，自觉超越苦难的历程，在真理的世界里寻找并试求解答国家和民族的命运，以此感恩祖国和人民！

长达二十二年的劳改农场的生活，来自底层劳动人民的温暖、同情和怜悯，以及劳动者粗犷的原始的内心美，给予你创作的最基本的情感因素！经过你的不断地过滤、提升和升华，便唱出了一支支"夜莺般的歌""雄鹰般的歌"和"大风歌"！你的作品自觉而深刻地叙写了民间的喜怒哀乐，表达了底层劳动人民的善良和温情，也深刻地体现出了一个人道主义作家高尚的情怀、社会责任感和道德良心！

书生意气，家国情怀，文以载道——贤亮，这就是你！

在中国文学的版图上，从此有了宁夏的一席之地，很多人通过你知道了宁夏，知道了宁夏文学！ 在我们组织的一次次文学活动中，你是有邀必至，侃侃而谈，激励青年，提携后进，在你这棵大树的浓荫下，"三棵树""新三棵树"及宁夏青年作家群茁壮成长，开创了宁夏文学的新纪元！

在创造了文学的辉煌之后，永不想停歇的你又将目光投向了另一个领域！你带着我和儿子，坐在牧民家的炕头上，在镇北堡实地考察。之后，你便将我们成家以来的全部积蓄投入进去，创办了镇北堡西部影城，同时投入进去的还有你的全部精力和年过半百的岁月，还有你著名作家的名望，还有你二十二年底层生活中积累的生活阅历！你又一次证明了你自己，你又一次创造了辉煌！之后，你又进行了救生行动，挽救了几百条鲜活的生命，善莫大焉！

作家，企业家，慈善家，"平生故事堪沉醉"，贤亮，你此生无憾！

你英灵不远，你一定看到了那堆满殡仪馆场地的花圈，你一定看到了来为你送行的各级领导，你一定看到了那么多自发地来为你送行的各界读者，"哀荣备至"，贤亮，你此生无憾！

你更一定看到了我们高高大大的儿子、我们活泼可爱的孙子来为你送行！

贤亮，你不但有了儿子，你还有了已经三岁多的孙子，你有了自己的后代！贤亮，你此生再无憾事！

断肠送君从此去，世间再不见贤亮！

贤亮夫君，一路走好！

卷二　纪实

矿山短章

黄泥小屋

不写那成片的楼群了罢，不写那颇为现代化的住宅了罢。那已经被来过的人们说了不少，写了不少。

我要把我的笔触伸向你们——山坡上的黄泥小屋。

山坡上的黄泥小屋，以红砖为墙，或者索性以那满山遍野取之不尽、用之不竭的石块为墙，以黄泥覆顶，你们，质朴得不能再质朴，本色得不能再本色。你们，质朴本色得一如你们落脚的大山；你们，质朴本色得一如你们的主人——那为祖国开采乌金的煤矿工人们。

你们是那样富有谦让精神，在这狭窄的山沟里，你们，把平地让给了幼儿园，让给了工人文化宫，让给了高耸的大楼。自己，则跃身而上，登上了乱石嶙峋的山坡。于是，一排一排的黄泥小屋，层层叠叠地，鳞次栉比地，在山坡上形成了一个壮观的群落。

你们，甘于无声无息，甘于默默无闻。让外来的人们把赞赏的目光投向宽阔的马路吧，让作家记者们把生花妙笔、把摄像机的镜头对准那漂亮的大楼吧！你们，从不争夺人们夸赞的言辞，也从不嫉妒大楼得到的荣誉。

但是，你们决不自艾自怨，绝不自惭形秽。在黄泥小屋上，一样有精神十足的电视天线，一样有双开门的电冰箱，一样有半自动的洗衣机。从井下归来的矿工们，在这里休息；戴红领巾的孩子们，在明亮的灯光下学习；老年人在这里品茶对弈；婴儿的啼哭声高奏着生命之曲……黄泥小屋里，有着浓浓的甜蜜和温馨。

当夜色顺着山沟漫漶开来，黄泥小屋的灯亮了，一排排，一层层，错落有致地漫上了山坡，装点着塞外的矿山。如果没有你们，矿山的夜，决不会这样多姿多彩，也绝不可能显得这样生机勃勃。

面对着山坡上的黄泥小屋，我想起了鲁迅先生的话，吃的是草，献出的是牛奶。这正是对黄泥小屋的主人们，对煤矿工人的写照。

菜市场

真没想到，崇山峻岭环抱的矿山，有这样一个菜市场。

虽然，它没有城市的菜市场那样正规——没有平整光滑的水泥摊台，没有遮风避雨的绿色塑料棚，甚至，没有一条稍微像样点的路面——脚下，大小石块伸头探脑，凹凸不平，尘土混合着柴草，阻碍着人们的脚步。

但是，它却一样不少地，包含了一个正规菜市场所包含的一切内容。有活蹦乱跳的鲜鱼，有洁白水嫩的豆腐。紫莹莹的茄子伴着黄澄澄的玉米，鲜红诱人的西红柿陪衬着翠绿浅碧的青菜，还有那成筐成篓的裹着细细茸毛的鲜桃，那一嘟噜一嘟噜挂着白霜的葡萄。

更令人惊奇的，它还有城市菜市场所没有的来自大森林的蘑菇。有白蘑，有鸡腿蘑，有龙须蘑。最珍贵的当数贺兰山紫蘑，顶着紫红色的伞盖，小的如乒乓球，大的则如茶杯、如碗口，沾着松叶，沾着泥土，裹着松柏的清香，散发着大森林的气息。"这比张家口的口蘑还要好，当年是给皇宫进贡的呢。"山里人这样骄傲地说。

这五颜六色的菜市场，丰富了矿工们的饭桌，充实了矿工们的生活。虽然在大山深处，为祖国开采乌金的人们，依然在丰富多彩地、有滋有味地生活着。

山里的孩子

山里的孩子最爱山。

从他们开始用眼睛观察外部世界的第一天，大山，便扑进了他们的眼帘。

当他们蹒跚学步，他们便开始亲近大山。

山下，有秋千，有滑梯，有城里孩子最喜欢的电视游戏机。但山里的孩子，却更喜欢大山。

他们，三五成群地；他们，大喊大叫地，在山坡攀上爬下，恣意嬉闹；他们，无拘无束，自由自在。这里，没有爸爸的呵斥，没有妈妈的唠叨。大山，敞开宽广的胸怀，微笑着，包容理解着孩子们所做的一切。

男孩子们，专拣那陡峭的地方攀爬。他们站在山顶上，迎着山风，挺起小小男子汉的胸脯，向大山夸耀着勇敢。

女孩子们，却只在平缓的山坡上，从石缝里采摘各种不知名的野花。红、黄、蓝、白，一束一束地，向大山展示着美丽。

大山，锻炼着他们的体魄和胆量；大山，培养着他们的情趣和对美的向往。

在成年人们看来，这只是一个光秃秃的大山，但在孩子们的眼里，一块形态奇异的岩石，一粒色彩艳丽的石子，一丛开在岩缝间的野花，还有那绿翅膀的蚂蚱，白粉粉的蝴蝶……每一样，都包含着一个动人的童话。

因此，大山，便在孩子们面前展开了一个丰富的世界；

因此，大山，便成了孩子们童年的乐园；

因此，大山，将深嵌他们的童年记忆里，直到永远。

电视转播天线

半山坡上，有两个金属的半圆，银白色的，在阳光下闪闪发光。

那是矿上电视转播台的天线，人们形象地把它称作"锅"。

它呈现着谦虚的凹形，呈现着接受的状态，面朝着蓝天白云，面朝着整个世界，面朝着渺渺宇宙。因此，它也就把蓝天白云，把整个世界，把浩渺宇宙都拥在自己的怀抱里。

它像一块巨大的磁石，吸收着整个地球的信息。

它确实像一口大锅，满盛着来自我们这个星球各个角落的信息，又把这信息一勺一勺地分赠给山里的人们。

"年轻"的朋友来相会

有朋自远方来。

朋是二十年前同在一个师宣传队的战友，因为弹一手好琵琶，而被戏称为"琵琶鬼"。

朋友来自山清水秀的西子湖畔。

远客的到来，如同一个带电的核，把分散在塞卜小城各个角落的战友们吸引到一起。甚至远在外县工作的战友也匆匆赶来，与二十年前的战友相见。

常说，人生友情有两种关系是最可贵的，一是同学，二是战友。想想也是，在一起工作了多年，可能关系淡薄，形同路人。而只要曾经在一个教室里坐过，曾经在一个部队当过兵，哪怕只是三年两年，都会给你留下永远难以冲淡的记忆。

今天，一群二十年前的男兵女兵在这塞上小城里相会，小城里，像涌起一条欢乐的小河，每个人的到来，都激起一簇欢乐的浪花。

你来了，她来了，他来了

互相端详着，互相辨认着。

——这略略丰满得恰到好处而又有几分雍容的，不是当年专唱西北民歌、嗓子如云雀一般的，又黑又瘦的小关吗？

——这围着一脸黑森森的胡楂，男子气十足的不是当年的"杨子荣"吗？

——而这显得有发福趋势的，可不就是当年那瘦瘦的"猎户老常"吗？

变了，变了，变胖了，变瘦了，无论男兵女兵，都不复二十年前模样。二十年，七千三百多个日日夜夜，一分一秒流过，怎能不在每个人身上留下它流过的痕迹。二十年，把一群少男少女，由青春年少，赶进了中年。

再看看，又都分明是二十年前的模样。

——小关还是那样清秀；"杨子荣"还是那样帅气；"猎户老常"还是那样干练；

——"李铁梅"走起路来如风摆杨柳，亭亭玉立；

——天玲仍然如她的名字一般开朗大方，声若银铃。

……

变了变了，当年的大兵们，如今都顶着各种各样的头衔，处长、局长、庭长、讲师、二级演员。头上没有衔的，个顶个，都是工作单位的骨干。大学校出来的人们，全给大学校争了气，增了光。

没变没变，"小马玉涛"，还是那样能思善辩；增莉还是那样心口一致，"童言无忌"；天玲还是那样大嗓门；而小晶还是那个热心热肠的小弟弟。

变了变了，当年的少男少女，如今都是当爸爸妈妈的人了，孩子最大的已经二十岁，正是当年我们当兵时的年龄。孩子最小的，也已经五岁。当年是爸爸妈妈的憨儿娇女，如今是憨儿娇女的爸爸妈妈了。

没变没变，这帮三十多岁、四十多岁的人们聚在一起，那种活泼、开朗、豪爽，甚至调皮，哪点减了当年?

喜相逢，喜相聚，战友重逢，能不忆当年。

忆当年，一群十八九岁、二十来岁的男娃女娃们，像一群刚刚出窝的小鸟，离开爸妈的双翼，展翅飞向那塞外的深山。像一条条欢快的小溪，汇集在贺兰山腹地的那眼清凌凌的泉水旁。崭新的绿军装，鲜艳的红帽徽红领章，为这帮年轻人平添了多少英气，更别提一个个心中那份美气。从此，那寂寞了千年、沉睡了万载的大山深处，有优雅的提琴声飘过，有明快的手风琴声响起，有黑管声浓郁地铺开，有琵琶声激越地跳荡。泉水旁的两排土窑洞，成为绿色军营中最富色彩、最为热闹的一个所在，连巍峨的大山都显得年轻了……

忆当年，这支精精干干的演出小分队，一次次横穿八百里贺兰，驾长车直驱中蒙边界。下连队，走边疆，踏沙漠，越戈壁，天作大幕，地为舞台。那正在施工的尘土飞扬的山洞，也成为临时的演出场地。这帮男兵女兵们，为那成年累月艰苦工作着的官兵们，送去了多少欢声笑语。也曾在塞上小城的舞台上，也曾在大军区会演中一展风采，五幕歌剧《红医村》《贺兰山组歌》给大家留下了辉煌的记忆……

忆当年，下部队锻炼，和连队战士一起，握风钻，推矿车，抬水泥，搬石头。营房施工，挖水池，开荒地，栽树苗……哪样的脏活累活没干过? 这些在家娇生惯养的年轻人，手上磨起了血泡，血泡变成了老茧。艰苦，劳累，但一天天却过得那么充实。

忆当年，这帮穿着绿军装的年轻人，把青春年华，把满腔热情献给了大山和军营，大山和军营也磨炼了人们的体魄与意志。在这里，瘦小的变得强壮，柔弱的变得坚强，幼稚的变得成熟，孤僻的变得开朗……

忆当年，又曾有多少各自的洋相与趣事。

——记得么，那次紧急集合，你打不好背包，抱着被子就跑到队列里了；还说我呢，你更绝，为应付紧急集合，晚上睡觉前就把背包打好，大冷的天不盖被子睡觉……

——记得么，那次在边防连队，"小提琴"骑在马背上不敢下来了，害怕得哭了鼻子；

——记得么，那时候咱们吃饭时总不好好吃，熄灯号响后饿得睡不着觉，半夜三更去伙房翻窗子偷馒头，你去偷，我放哨；

——记得么，那次下连队锻炼，他白天在山洞里抢大锤，晚上收工帮连里出黑板报，教唱歌。白天晚上拼命干，多累呀，累得小时候的毛病又犯了，夜里就在被子上画了个"大地图"，顶着被子在火墙上烤了大半夜。

……

记得记得，怎么能不记得？记得每天晚饭后爬到大山顶上去朗读郭小川、贺敬之的诗句，记得关起门来听"琵琶鬼"弹"十面埋伏"，还记得半地下状态中传看《唐宋名家词选》《战争与和平》《多雪的冬天》……这一幕幕，即便是到了七老八十，走到海角天涯，只要记忆存在一天，流逝的岁月、流逝的往事便会在心中保存一天。而且清晰、明朗得一如发生在昨天。相信保持着这种记忆的人们，将会海绵吸水一般地，从记忆的仓库里不断取得所需要的东西，如意志，如坚强，如正直，如友谊，在其后的人生旅途中，不论遇到怎样的急风暴雨，冰雪寒霜，"有这碗酒垫底，什么样的酒都能对付"。

这群已是中年的人们，这群当年的男兵女兵们，七嘴八舌，都在听又都在说。一时间，大家似乎又回到了二十年前，又是那巍峨的大山，又是大山里那群身穿绿军装足蹬大头鞋的男女大兵们，一个个活泼得可爱，纯真得可爱，也傻得可笑可爱。

"唱一支当年的歌吧"。这提议立即得到一致响应。

"李铁梅"与"小马玉涛"合唱"都有一颗红亮的心",声音还是那么清亮。小关唱起"登上那贺兰",歌喉还是那么甜美,且多了几分成熟;然后是"杨子荣"的"打虎上山";然后是杨排长又歌又舞的"我赶着那小毛驴车",歌声还是那样响亮,舞姿还是那样轻盈。

于不知不觉间,响起"友谊地久天长",这是全体战友们的合唱,歌声出自肺腑,感情出自心底,这歌声,竟催红了这群中年人的眼眶。

"再过二十年,我们来相会……",这歌既是告别,也是期许。

是啊,再过二十年,"年轻的朋友"将再次来相会。

乡 音

一方水土养一方人。

一方人讲一方话。

这便是方言，便是乡音。

人自牙牙学语，父母姊妹，街坊邻居便以他们的口音传授着你，影响着你，你像踏上一条早已既定的道路一样，依了这规定的口音讲话。这便是你的母语，你的家乡口音。

人会离开自己的故乡。人也会因环境的改变而改变自己的口音。但是人对家乡话那一份特殊的感情，却是无论到何时何地也改变不了的。

实在说，我的家乡话，若在外人听来，也许并不悦耳。它既没有吴侬软语的甜糯，也不像北京话的灵活婉转，更不如普通话的清润滑亮。它直杠杠的，土，侉，一如皖北大地的土坷垃，朴素耿直。

自小离开家乡，口音早已经过"脱胎换骨"的变化，常有人以口音来判断我的家乡，但那猜中率几乎等于零。

口音虽已改变，却难改变对家乡话的那份固执的感情。天南地北，舟车旅途，无论在哪个角落，偶尔听到有人用家乡口音讲话，便会顿感一种难以名状的亲切和温暖，因此，便常常地，在街口路边，与那磨刀的，卖桃子的攀谈起来。不是饶舌，实在是因了那人一口土得掉渣的乡音。

随着年龄的增长，走的地方多了，对家乡话的那份感情也随之扩大了范围。

记得初来塞上，觉得当地人讲话十分可笑。笑他们把"看看"说成"眊眊"，把白菜叫"biǎ菜"，更可笑他们把极远处说成"挠（那）——头（边）头头……"以"头"字的多少来表达距离的远近。那时年幼顽皮，有时就会故意学着这口音说"大biǎ菜"，说"眊眊"或者把手向远方一指，说"挠——头头头"，以此取乐。后来长大了，此类恶作剧自然不会再有，且听久了，觉得塞上口音古拙粗犷，如秦腔般，另有一番苍凉淳厚的韵味。与当地人相对，有时也想随了他们的口音讲话，只是功夫不到，三句一过，便会嘴笨舌拙，难免露出马脚来。

可我无论如何也不曾想到，有那么一天，我竟会觉得宁夏方言也如家乡话那般亲切悦耳起来。

是在结束了上海几年的学习生活之后，独自一人，做江南游。来到杭州，在西子湖畔流连徘徊。面对着半残荷叶，一湖碧水，默念着"落花时节辞江南，远去塞上路八千"，心中不免依依。忽然间，有久违的宁夏土话飘来。急回头，见三位汉子，一路说笑着从身旁走过。一时间，心中竟有"他乡遇故知"般的亲近感，很想上前搭话，终又被一个姑娘家的矜持与羞涩挡住了。目送他们远远隐没在绿竹的后面。

在上海几年，一面佩服上海人三寸舌头之灵活，一面却也对那频率极快的口音微觉不耐。尤其几次乘坐公共汽车，中途车因故暂停时，那满车的叽叽喳喳，简直使人如置身雀巢，由不得汗毛乍立，满身燥热。

再也想不到的，当我又回到塞上之后，偶尔听到那曾使我不耐的上海口音，竟也感到了几分亲切。

前几年，在香港住了几天，整日耳边响的是听不懂的英语和同样听不懂的粤语。面前走动的虽也大都是黄皮肤黑眼睛的中华儿女，却无法交流，无法沟通。其状莫名的失重感、飘浮感，使我倍觉前所未有的孤独。一次，无意间打开电视，忽然听到了那么熟悉的普通话，一时间，一股暖流涌遍全身，如闻乡音，如见亲人。平日里，耳边听到的是普通话，口中讲的是普通话，却从不知道，这普通得不能再普通的普通话，竟然这样可亲可爱。它像一块巨大的磁石吸引着我，使我在那富足美丽的异乡一刻也不愿再住下去。

至此，我方恍然，人对乡音的那种特殊而执着的感情，其实是对生养自己的那片土地筋骨相连的眷恋。

由此，理解了"少小离家老大回"的痛切；

理解了"乡音无改鬓毛衰"的凄苦；

理解了"洋装虽然穿在身，我心依然是中国心"的情愫。

也由此理解了海外游子对故园至死不减的思念，血毕竟浓于水，人，不能忘了本。

尽管与周围的世界相比较，我们脚下的这片土地仍很落后，尽管我们对这落后也时有刻薄之言。但是我却不愿在外人，尤其是优于我们的外人面前编排它的不是。你可以说这是"护短"，是"狭隘"，但是人若一味糟蹋生养自己的土地，人也就失去了自己的尊严。

我热爱我的乡音，我热爱生我养我的每一寸土地。

花

自幼爱花。

偏处于无花的地方和年代。

少小家居山深处，左也是山，右也是山。

山是守财奴，把亿万斯年的大森林在身下坐了千年万载，终不肯为今天拿出一枝一叶来。山枯瘦了身躯，只把煤炭的黑与岩石的褐涂满山里人的眼睛。

幼小的心偏不信，偏不信黑与褐真个一统了山的颜色。

如同寻找一个丢失的梦，到陡峭的峰顶山尖找，到嶙峋的岩石缝里找，到山里的每一个褶皱里找……果然找到了，红、黄、蓝、白、粉，在煤与石主宰的世界，在黑与褐的大一统里竟然有着如此美丽的山野小花。

于是凭着十一岁女孩的全部想象，凭着六年级学生的全部词汇，把那粉色的如牵牛花一般的，叫作喇叭花；把白色的毛茸茸的叫雪花；把大红的只有四片花瓣对生的叫作红十字；而把那米粒般大小，却开得一片金黄的取名为"满天星"。还有蓝色的"仙女"，紫色的"绣球"，一束束，一枝枝，装进了手工课上纸折的小花篮里。

手提这花篮，只觉天也蓝蓝，风也软软，眼前不见了塞外的枯山，只觉一片春光灿烂。

到了不再折纸玩的年龄，穿了蓝工装，换了绿军装，依然在煤与石组成的大山里，也依然喜欢采来红黄蓝白的山野小花，一簇簇，养在床头的玻璃瓶里。

为此，便常有一个那么熟悉的词儿送进耳朵里——"小资情调"。

"小资情调？"

不明白。

本无须明白，也不想明白。

依然有清清的水，养着山野的花，伴我从春到夏。

终于走出了黑与褐主宰的世界。也终于有七色花朵摆满小城的柜台。牡丹、月季、金橘、圣诞红、紫罗兰，甚至还有庭院深深深几许的藤萝，还有二月春风妆新绿的杨柳。一束一束的一盆一盆的，被人们捧回去，装点了客厅，装点了居室，也给大小单位的会议室丰富了内容和色彩。

花，走进了人们的生活；美，走进了人们的生活。

爱花的我，却不曾捧回一束一盆来。

不是花不艳丽，非因树不碧绿。只因为那花那树，本是各色塑料，人工制成。虽然惟妙惟肖，巧色逼真，终没有鲜活的生命。

为此，一把渠畔采来的毛茸茸的芦苇花，在客厅里，点缀着冬春。配以绛紫色的钧瓷花瓶，栗皮色的钢琴，倒于和谐中透出几分野趣。

虽如此，于色彩上终究是逊了几分。

在心里，便很羡慕北京广州那样的大都市。那里有花店，花店里，有色彩美丽而且鲜活的鲜花。如今报刊上，常介绍买花送花的学问，如看望老人最好是菊花；情人相会，拿一枝玫瑰最浪漫；而孝敬母亲呢，顶好便是康乃馨了。看这类文字，很有点画饼充饥的味道。

终于有一天，发现小城也有了花店，那条贯穿小城的东西大街旁，浓密的槐树荫下立着卖花人。

一桶清凌凌的水，养着大红的月季、金黄的秋菊、洁白的马蹄莲，还有茜红的唐菖蒲，还有散发着幽香的细小的夜来香，比起大都市的花店，品种不算多，然而在这塞上小城，这已使人欢喜。于是，月季、秋菊、唐菖蒲，每样选上几枝。拥着满怀的大红、茜红、金黄走过小城的街道，像拥着满怀春光，满怀美丽，满怀鲜活。只觉得人也长了精神，一路走来，便有亮闪闪的目光，雨点般砸了过来。

拿出钧瓷花瓶，灌满凉沁沁的清水，把大红的月季插上去，把金黄的秋菊插上去，把茜红的唐菖蒲插上去。再配以嫩绿的天冬草，修长的文竹枝，最后再是一片墨绿墨绿的手掌一般张开的棕榈叶。高低参差，疏密有致，无师自通地完成了一个扇面形的插花。

摆在茶几上，伯觉光彩夺目，美色逼人。顿时间，灵气流转，满室生辉。客厅里，盛满了美丽和生气。

与花们相对而坐，看月季笑容微绽，娇羞妩媚；唐菖蒲，一朵高似一朵，洋溢着奋发向上的勃勃生机；而那金黄色的菊花呢，则简直就是一轮轮炫目的小太阳了。此时，真是赏心悦目，气定神闲。

儿子见我爱花，搂着我的脖子说道："妈妈，等我长大了，让妈妈屋里天天不断花。"

好儿子，果若如此，夫复何求？

儿子若送我花，当是康乃馨。

小城今天没有康乃馨。

然而小城明天当然会有康乃馨。天下一切美丽的花，小城全会有的，我也全会有的。

儿子弹琴我唱歌

还在儿子三岁的时候，我便提议："买架钢琴吧，让儿子去学。"

他却不以为然："儿子还小，过几年再买不晚。"

那时候，星海琴一千五百元。

过了几年，儿子长到七岁了，钢琴也长到六千多元了。

终于买了一架。车尔尼，苏联进口的。

粟皮色的琴身，富有曲线美的琴腿。琴面上，装饰着俄罗斯风格的花纹。古色古香，异国情调。摆在客厅里，果然气度不凡。满屋子里也顿时添了几分艺术气息。

跑遍了小城的书店，却买不到指定教材。急忙将长途打到北京，托音乐出版社的朋友，买来《汤普森浅易钢琴教程》，一套五本。

从此，每周六下午，带儿子去学琴。

老师在歌舞团。是西北几省首屈一指的钢琴家。

陪坐在钢琴旁边，听老师讲："前臂端平，手指自然下垂，想象有小小水珠从指尖上滴下去……"

感到老师简直是诗人。

看老师教五线谱。方才知晓了那一个一个小蝌蚪们的名称。

还有什么高音谱表，低音谱表，几分音符，等等。

脑子里一下装进那么多新奇的东西，似乎那美好神秘的音乐王国在眼前闪开了一条缝儿。

回家来，便陪儿子练琴。

儿子坐在中间弹琴，我在旁边为他打拍子。儿子不会弹的地方，我便给他做一下示范动作，是从老师那里"现炒现卖"来的。

慢慢地，课程由浅入深，有了左右手同时弹奏，有了C大调、E小调之类。我的示范动作到此为止——心里明明知道该弹哪个键，手指却跟不上了，不由叹息一声："妈妈老了，脑子指挥不动手了。"

儿子却弹得越来越熟练了。我所能做的，是偶尔检查一下他节拍掌握得准确与否。

老师有着丰富的经验，且认真，且耐心。

第一册学完了，会弹《麦克唐纳》，会弹《伦敦桥塌了》，会弹《稻草中的火鸡》。

……

当然，也有卡壳的时候。

是在第二册的《和弦》那一课吧。

由于变调，由于左右手同时弹奏，由于同时要用几个手指，也许还由于另一些不知道的原因，儿子在弹这支曲子时，十分不顺，一遍又一遍，总是磕磕绊绊，支离破碎，不能连贯下来。

儿子性子急，已是满头大汗，眼泪汪汪，用请求的眼光看着我。我知道，他是想把这支曲子跳过去，不弹了。

我的心一下子软了，唉，何必为一支曲子让孩子为难，将来又不指望他当钢琴家。

转念再一想，儿子如今八岁，他要上完小学、中学、大学，他要走向社会、走向生活，在他的面前，是一条长长的人生之路。在这路上，谁敢保证他不会遇到难弹的曲子呢，难道都要跳过去？难道都能够跳过去么？要让孩子知道，在困难面前，应该是什么态度。

于是鼓励儿子："妈妈相信你，一定能把这个曲子弹下来，一定能弹得很好！来，妈妈和你一起练。"

让他深吸气，细呼气，待情绪稳定下来，再一小节一小节地弹，再一小节一小节地向一起连。

一遍。

两遍。

三遍。

……

终于，那个坎儿过去了，一支曲子完整地弹下来了。

"我会弹了！"儿子高兴得脸蛋通红，跳起来搂住我的脖子。

我分享着儿子的胜利。

我愿意他永远不要忘掉他的这次胜利。

儿子学琴，比起别的孩子，学得不算好。但我并不给他施加过多的压力。我知道，他不一定是当钢琴家的材料。学琴，是为他增加一份修养，使他未来的生活中多一份情趣。

也许正因为没有太大的压力，他对钢琴的兴趣才始终不曾减弱。做完功课以后，在我看电视的时候，在等待吃饭的几分钟里，总要叮叮咚咚地弹上一阵子，甚至，中午我休息的时候，他要也弹上一弹——当然，他把声音放得很低。他怕影响我午休。他哪里知道，我根本没睡着，只是为了感谢他的好意，而把眼睛紧紧闭着。

儿子的琴声从我耳边流过，轻轻地，像一股微风，像一线清流。这琴声很稚嫩，但在我的耳朵里，它却是无比美妙。

如今，儿子的兴趣越发浓厚了。在弹会了教程上的曲子之后，他又把音乐课本支在钢琴上，弹他在学校里学的歌。

星期天，阳光洒满房间。

儿子叮叮咚咚地弹琴，我倚在沙发上，为他织一件绿色的毛衣。

"妈妈，来，我弹琴，你唱歌。"儿子忽然回头请求道。

"好的。"

我欣然接受邀请。拿过他的歌本翻了翻，只有一首"嘀哩嘀哩"是我会唱的。

于是，儿子弹琴我唱歌。

春天在哪里呀？

春天在哪里？

春天在那绿绿的山林里。

那里有红花呀，

那里有绿草，还有那会唱歌的小黄鹂。

琴声，歌声，在四壁间回旋、飘飞。虽是严冬季节，我却切切实实地感受到了音乐家所描绘的那一片浓浓的春意。

真好啊，儿子弹琴我唱歌。

女人与自行车

那时，人们称中国是自行车的王国。

对于收入尚不足以普及私家汽车的绝大多数国人来说，轻便灵巧而又价格低廉的自行车实在是最好的代步工具了。因而，对大多数中国女性，尤其是职业女性，自行车便成为她们必不可少甚至密不可分的伙伴了。

大凡一个女孩子长到十一二岁或者还要更早一些，便开始学骑自行车。起初由父母或者他人把扶着，护卫着，找一片空地，溜、上、蹬，一样样学起来，不几时便可甩开把扶，独自一人歪歪斜斜、扭扭摆摆地一路蛇行而去。有那大胆些的女孩子，则根本不要人帮忙，瞒着父母，悄悄把车子推出去，一个人抬腿就敢上，就敢骑，初生之犊，全不知怕为何字。

学车之初，摔几个跟头那是难免的。迎面来了人，或者碰上什么障碍物，心里明明是想避让开的，却鬼使神差地直直向那人那物冲了上去，真是准确至极、勇猛至极。自然不能撞了人，也不能撞了物，于是猛劲一拧车把，连人带车，狠狠摔倒在地。其结果，不是胳膊擦破皮，就是膝盖摔出血，自行车也把歪轮扭，伤筋动骨。等到人与自行车都添了几处疤痕，自行车方才如驯熟的野马，从此听从主人的指挥了。

自此，一辆自行车一只书包，伴随着女孩子从家门到校门，由初中而高中而大学，小女孩也出落成娇嫩鲜润、亭亭玉立的少女。

走出校门，姑娘便加入职业女性的行列。自行车与她们更是须臾不可分离。骑着自行车，上班，交友，或跳舞，或去卡拉 OK。自行车载着她们，驰骋在人生的黄金岁月。此时，袋中有自己挣来的那份工资，无须向父母伸手要钱，因此自行车是早已更新了——或飞鸽，或凤凰，或兰翎。式样是那种精精巧巧、轻轻俏俏的。颜色更是大红、粉红、鹅黄、嫩绿、雪青……一片姹紫嫣红、异彩纷呈。姑娘如花，车子如花，爱美的姑娘还在两个车把之间，用七色薄纱，扎一只艳丽的蝴蝶结，使具有实用价值的交通工具更添了几分观赏价值。此时的骑车技术，也非昔日可比。经多年实践，早达到炉火纯青、随心所欲的化境。上得车来，要快则双轮如飞，要慢则胶着寸行。遇上下班高峰时，则于车流车潮之中，左闪右躲，前避后让，灵活机巧如水中之鱼，林中之鸟。最好是夜半归来，长街无人时分，最好是几个姑娘结伴而行，你追我赶，疾驶如飞。于是，长发飘飘、丽衣飘飘，帅气至极，潇洒至极，帅气潇洒的人和车，洒一路欢声笑语，洒一路青春年华，成就一道令人赏心悦目的城市风景。

一朝姑娘成为少妇，自行车更增添了一个附加物——固定在两个车把之间的金属丝编就的菜篮子。随着孩子的降生，车后座上又多了一个小小的惹人怜爱的儿童专座。至此，中国女性的自行车才算具备了它必须具备的全部功能。女人们便骑着这前有菜篮子、后有儿童座的自行车来来去去。

清晨，女人们骑着自行车匆匆出门。先是幼儿园，在那里放下专座上的宝贝儿子或是宝贝女儿，然后汇入自行车的急流之中，顺着宽宽窄窄长长短短的大街小巷，流进高高低低大大小小的高楼矮房。在那里，她们是教师，是医生，是工人，甚或是大大小小单位里的大大小小的头头脑脑。在那里，她们兢兢业业，独当一面，不让须眉。

日落霞起时分，女人们又走出高高低低大大小小的高楼矮房，骑着自行车顺着宽宽窄窄长长短短的大街小巷，先幼儿园，再菜市场，然后停在自己的家门前。于是，女人的自行车便如负重之牛，常常是后面的专座上是宝贝儿子或宝贝女儿，前面的菜篮子里满满地装着鱼肉菜果，米面油盐，有时捎带着两把衣架，或者是几件五花八门的杂品物什。满载而归的女人们，家里还有锅碗瓢盆奏鸣曲等着她去弹奏，还有泡在盆里的衣物等着她去清洗。在家里，女人们不再是教师、医生、工人，也不再是什么头头脑脑，她们是丈夫的妻子，是孩子的母亲，为人妻为人母，她们有一份必尽的义务和责任。

夜来了，女人们也并不总是偎在柔软的沙发上，织着毛线，看看电视。她们常常要骑上车子出门去——那些学习外语、学习电脑、学习企业管理的夜校门外，常常停着一辆又一辆前有菜篮子、后有儿童座的自行车。骑自行车的女人们，时时在充实着自己、完善着自己、发展着自己。

这种前面一个菜篮子、后面一个儿童座的自行车，实在是那时中国女性的象征呢——车前的菜篮子里，盛着她们对家庭的责任和义务；车后的专座上，载着她们对未来的一片希望。看车前，她们是贤妻，看车后，她们是良母，以贤妻良母之身，她们更在尽职尽责地承担着那一份社会职责。

骑车来去，中国女人们往返于家庭和工作单位之间。

骑车来去，中国女人们完满成就着自己在家庭与社会中的双重角色。

日复一日。月复一月。年复一年。

中国女人们，骑着自行车，从冬到夏，从春到秋。从豆蔻年华直骑到年入花甲。几代中国女性们，就这样骑着自行车，从人生的这端驶到人生的那端。

苦吗？累吗？乏吗？

骑自行车的女人们笑而不答。

裹"三寸金莲"的上辈女人们无权骑自行车，因为她们无权外出做事，无权承担本该由她们承担的社会责任，因此她们便只能是别人的"糟糠""贱内"和"屋里的"。

被养在华屋里的"金丝雀"们无须骑自行车，自有她们的主人为她们提供出入有车的超前享受，因此她们只能是主人的另一只波斯猫。

还有那些突然暴富的新贵，有权势者的妻女，不屑于骑自行车，她们的身价常常是由所乘的轿车来标示的。

然而，对今日中国的职业女性们来说，自行车是骑手的骏马，自行车是大鹏的双翼。

骑着骏马，骑手们在辽阔的草原驰骋纵横，看不尽花红似火，看不尽绿草如茵。

振起双翼，大鹏直冲九天穹宇，以八万里为南，以五百年为春。

骑着自行车，中国女人们自己是自己的主人；骑着自行车，中国女性们完成着自己自立自尊自强的平凡而又绚丽的人生。

也许有一天，中国女性们无须再以自行车为代步工具，她们能坐在冬有暖气、夏有凉风的私家小汽车里上班下班，来来去去。那时，她们便可以穿上因骑自行车不方便穿的，却是最能体现东方女性美的典雅而又华贵的旗袍；她们也可以因不骑自行车而少受些风吹日晒使皮肤更显白嫩润滑；她们更可以因为少苦些少累些少乏些而衰老得慢一些，青春更持久一些……

这一天一定会到来的。

然而对于自行车，坐在汽车里的中国女性们该是一定不会淡忘的。

女为谁而容

"士为知己者用，女为说己者容"，自太史公司马迁《报任安书》中写下这句话，距今已是许多年代过去了。历朝历代以来，它被中国各个时代各个阶层的人广为接受，广为流传。虽词句略有变动，但大抵意思是相同的。

"女为说己者容"。

既然这句话与"士为知己者用"这样一个关乎人生准则的命题相提并论了许久年代，想来自有一番道理。

说者，悦也。悦者，爱也，喜也。确实，在一个喜欢自己欣赏自己把满心爱意倾注于自己而且也为自己所深爱的人面前，世界上有哪一个女人不愿意自己更漂亮更美好更招人疼爱呢。

在那情意绵绵的目光注视下，女人会很着意地"容"。她想自己应该有更美丽的衣服，有更新颖的发式，有更漂亮的鞋子，有更得体的笑容。甚至——行走坐卧都应该有更优雅的姿势。

女人若购得新衣，便会拉他过来，模特般地，正面，反面，侧面，转身，把方方面面展示给他，然后问一声："如何？"声音也细细，目光也怯怯，忐忑如考场上的小学生。待那人口中眼中满是嘉许地赞一句：

"这衣服你穿着真合适！"女人便会像得了好分数一样从心底里高兴。从此这新装便会频繁地出现在她身上——无论是上班，还是出门做客。尤其出门做客，尤其是与那人一起假日出游的时候，她是决不会放过展示这新装的绝好机会的——当那人赞赏的目光抚遍她全身的时候，她全身便满是春风与阳光。而如果面对新装那人只是轻轻摇头或者双手抱肘笑而不语时，十之八九，这新装便会被女人压在箱底从此不见天日，或者会被女人悄悄拿出去"另行处理"。哪怕这新衣花掉她差不多整一个月的工资，哪怕这新衣她自己心底里其实是多么喜爱。仅仅因为那人的否定，她便也否定了自己。

那人若喜欢女人披肩长发，女人便一定会长发披肩；那人若爱看女人"淡淡妆，天然样"，女人便一定会薄施粉黛，清雅素朴如漳州水仙；那人若认为女人浓妆艳抹最赏心悦目呢，没说的，女人的梳妆台上便会堆满了胭脂香粉眼影眉笔睫毛膏之类化妆品。

"画眉深浅入时无？"那人，便是女人梳妆的镜子，便是女人言谈行止的评判标准。

"女为说己者容"，其实是一种心态，一种愿望，一种为爱人有好表现的心态，一种得到爱人赞赏的愿望。

因此，为悦己者而"容"的岂止是"容"？

那人若是乐于施舍的，女人便会为乞讨者打开自己也许并不怎么丰满的钱包；那人若是好客的，在盈门的宾客面前女人脸上便始终挂着一份热情的微笑；那人若是念旧的呢，女人便会为他昔日的穷哥们穷亲戚准备了足够的饭菜和足够的宽容，哪怕这些穷哥们穷亲戚穿着既旧且脏因而坐脏了她辛辛苦苦洗干净的沙发套。甚至把痰吐在了刚刚铺就的木头地板或华贵的地毯上，她也只会在客人离去后悄悄收拾干净，却绝不会当着客人的面皱一下眉头的。她知道爱屋及乌。而如果那人为了事业长年在外，或整日伏案劳作甚至在节假日也冷淡了她的付出呢，她也会独自排遣那份孤独与寂寞，却不会因此发一句一字的抱怨，或者提一字一句的要求。只要那人高兴，一切能为的与本不能为的，女人都会欣然为之。女人可以柔情似水，可以风情万种。可以温柔如小猫，依人如小鸟。"烂嚼红绒，笑向檀郎唾"，与那人相对，女人便幸福得如同阳光下的奶油冰淇淋……

是啊，一颦一笑，皆为"悦己"者而发，一衫一履，皆为"悦己"者而着。为人所"悦"并为"悦"者而"容"的女人是女人中的幸福者，虽然这幸福的代价是自身的融化以致自身的不存在。女人可愿意放弃这幸福吗？

当然，那种为了地位、为了钱财、为了权势、为了虚荣而搔首弄姿、卖弄风情以致出卖种种的女人，是女人中的龌龊者，不在此论，不说。

女为己悦而容，作为许多当代女性的一种心态，更有其必然的意义。

梳妆打扮，穿衣戴帽，只随自家心意。至于他人悦与不悦，则全然不予理会。

高兴时，或短服飘洒，或长裙曳地。要大红大绿，便大红大绿。要素衫素裙，便素衫素裙。靓丽鲜艳时则如花间蝴蝶，清淡素雅时则似月中嫦娥。忽然心血来潮，随步踱进街头美容美发厅，倒面膜，修眉毛，做按摩。一头秀发，是瀑布般飞流直下呢，还是19世纪西方美人那样拧成麻花状呢。或者蓬蓬松松云鬟螺髻，或者索性剪成小子样精精神神的小分头……诸般花样，全由自己随心所欲。然后薄施粉黛，淡扫蛾眉，袅袅娜娜走将出去，挺胸收腹，肩平背直，下颌稍含，目光微垂，立则如玉树临风，行则似风中杨柳，仪态万方，光彩照人。虽无意招摇过市，已占尽世间风流。一路走来，看天天蓝，看云云白，两旁绿树红花，笑微微娇媚可人，一时间只觉胸中碧波荡漾，无限春光。

大千世界一派和日蕙风，人生也如天边锦云多姿多彩。

偶尔情绪不佳，或者情绪并无不佳，仅仅是想着放松一下，便粗布衣，黑布鞋，全然一副村妇模样。南京路也走得，王府井也逛得。要行便行，要止便止。飘飘洒洒如游方僧人，摇摇摆摆若现世济公。无拘无束，无拖无累。不必挺胸收腹，不必肩平背直。松松垮垮，随随便便，极度的放松与随意。走乏了逛累了，大碗茶摊的长条凳子上宽宽坐下，或者铺张破报纸或者连张破报纸也不铺，就那么松松坐在马路牙子上。这时，除掉清扫马路的工人，绝不会有第二个人向你多看一眼。而你，则可以毫无顾忌地去看他们。看男男女女，老老少少，无论高低贵贱，无论贤愚尊卑，一律那么煞有介事地来来去去，忙忙碌碌。看久了，恍惚就想起了蚂蚁，想起蚂蚁们终日不停地忙来忙去，不知都忙了些什么？想自己其实又比蚂蚁们高明到哪里。忽然醒来，便会为这想法所骇。却似乎又洞察了几分，遂悠悠然站起，再一路悠悠然逛去。当然若是有兴趣，那些精品屋，那些高档商品柜台前也不妨站那么一站。欣赏一下那些几千元一件的衬衣，上万元一条的腰带，和标价能让人咋舌的华美无比的毛皮大衣们。心中琢磨，那些有钱或"有幸"穿此等华贵服装的人们是否就比一般人美了或者是高了几分。至于售货员小姐白眼仁多于黑眼仁，你只当不曾看见便是。你可不就是一个土得掉渣的刘姥姥吗？何况还有一份"真人不露相"的幽默正在你心里涨着一股恶作剧般的快意呢。

……

女为己悦而容，也是一种心态，更是女人的一种活法。

"容"与不"容"，如何"容"法，全随自家意愿，不看他人眉眼高低。"容"，有"容"的美丽，不"容"，有不"容"的潇洒，全看自己的心意。话到这份上，女人才算是真正洞察与透彻了。她必是经过看过了一切，她因此高高站在一切之上。她看到过用牺牲换来的无耻背叛，她收获过用奉献酿造的几欲置她于死地的毒酒。她已经死过一次，她是涅槃后的凤凰。她从此知道，此生价值，只在自身。她也从此无梦，她有了佛家禅悟般的清醒，她真正成了自己的主人。

假如有哥哥

有个哥哥多么好。

真的，有个哥哥多么好。

常言道，长兄若父。然而，兄毕竟又不同于父。因此，他有父亲的宽厚仁爱，却没有父亲的严厉威仪。对于你，他既是一个长者，却同时又是一个平等的朋友。

弟兄姊妹中，如果这哥哥排行老大，而你又恰巧是最小的一个，是"老丫头"，那你这一辈子真是受用不尽呢。

你小的时候，当大哥哥的他要分担母亲的担子，他要抱着你、背着你，甚至屎一把尿一把地看护你。从此，你成了他的小尾巴。他走到哪里，你便耷着两只小辫儿，拖着两条清鼻涕跟到哪里。他领着你，村里村外地转着玩。有时候，他真想甩掉你这讨厌的跟屁虫，但是你抹着眼泪的一句"看我告诉妈去"，就能让他乖乖地妥协。然后，他就从口袋里掏出几颗青枣或者半截嫩玉米来讨好你贿赂你，直到你答应不去告密。他也得先安顿好你，然后再去干上树掏鸟、下河摸鱼，那些男孩子的玩意儿。

等你长大了，上学了，他自然已经是五六年级甚至是个中学生了。

这样你便有了一个义务辅导员，一个小先生。碰到不会做的题，问哥哥好了。尽管有时候他可能正为自己的难题搔脑袋，因此很不耐烦地白你一眼，骂声“小笨蛋”，末了呢，他还是放下自己的作业，先来解决你的问题。就因为他是哥哥，就因为你是妹妹。

有时候你的懒劲上来了，就是不想动，就是不想干那本该是你干的活儿。用过的碗筷堆在桌上，你不去洗；猪饿得在圈里哼哼了，你不去喂。你只需甜甜地叫声“好哥哥”，刚从田里干活回来的大哥哥嗔声“懒丫头”，便去代你刷锅、洗碗、喂猪崽。活干完了，他少不了骂你几句，他说你“懒得像夏日墙头上趴着的小猫，午间门槛下蜷伏的小狗”。骂归骂，那一种哥哥对妹妹的宠爱也使得做妹妹的心里甜甜的呢。

在哥哥面前，你尽可以撒娇，尽可以耍赖。哥哥心爱的东西，你可以理直气壮地拿走，因为你喜欢。在哥哥面前，你甚至可以无理犟三分地发小脾气。哥哥他得要摸着你的脑袋来哄你，直到你高兴了，他再疼爱地骂一句“小混蛋！”你小，这就是你的理。

那些调皮的男孩有时会欺负你。他们拦在你上学的路上，要你书包里妈妈早晨刚给装上的鸡蛋；或者他们往你刚穿上的新衣服上抹泥巴；或者他们要捋掉你扎小辫的蝴蝶结。这时候，你眼看着他们背后大喊一声“我哥哥来了”，那些坏小子们就会吓得四散奔逃，只怕跑得不够快。甚至等你长大结婚了，你的丈夫也会因为有这样一个大舅子而怯你三分。

啊，这就是哥哥，一个疼你爱你娇你护你的人。

在你长长的一生中，哥哥永远在你的身旁。

升学、就业、婚姻等人生的抉择摆在你的面前时，你第一个想到的，便是哥哥。去向哥哥请教，去征询他的意见。而哥哥，必会用他过来人的经验，用他睿智的头脑，指导你的去与留、取与舍。当你遇到困难时，哥哥一道坚定的目光，便足以使你信心如打足了气的皮球一般，重新鼓胀起来。

尤其当你在人生旅途中，被狂风暴雨打翻在地时，哥哥会及时出现在你的面前，用他那温厚的大手扶起你，用他深挚的爱心温暖你、抚慰你。哥哥宽厚的胸怀，强壮的臂膀便是你的避风港，你可以把你满肚子的委屈向哥哥倾吐。号啕大哭也罢，无言哽咽也罢。这时的哥哥，虽不能像小时候为你赶那些调皮的男孩一样赶走人生的打击，但他感同身受的痛惜已经使你饱受砍斫的心得到莫大的安慰。有哥哥在，你就感到世界上还有阳光在，还有公平在，你便可以坚强起来，忍受那难以忍受的一切。你便能够宽阔起来，从容起来，做一颗压不垮打不烂的铜豌豆，在凄风苦雨中走出你十二分的潇洒。

在哥哥面前，你无须防范，无须用心，无须作假，你尽可以彻底放松，彻底舒展，做一个真真实实的你。而哥哥，他能够容忍你一切的缺点，他不见怪你任何的毛病。哥哥的爱最无私，哥哥的心最宽容。爱情可以变质，友谊可以淡漠；丈夫可以背叛你，朋友可以离开你。唯有哥哥，对你的那份疼、那份爱，永远醇厚如酒，永远新鲜如花。

有了一个哥哥，你此生便不孤独，始终有一个人时时刻刻在关心你、疼爱你、呵护你。即便是父母不在人世了，你依然有一个娘家人，那是你的根，你立足的地方。哥哥，他看着你从一个黄毛丫头长成亭亭玉立的少女，再看着你成为少妇，成为中年妇女。哥哥他是你此生的证人。当哥哥满头白霜，你脸上也爬满岁月的轨迹时，在洒满阳光的客厅里，当着儿子孙子侄子侄孙的面，你们会回忆起那偷瓜摸枣的童年。那一刻，一声"哥哥"便会令你喊出小时候的娇憨。在哥哥的眼里，你永远是长不大的三岁的小女孩。

哥哥啊哥哥，他是你冬日的一炉炭火，他是你夏季的一片绿荫，他是你人生旅途中最最忠实的保护者，他是世界上最疼你最爱你最娇你而又最呵护你的人。

假如有个哥哥多么好。

真的，假如有个哥哥该多么好。

爱情故事

邮 包

在她如花的年龄时，她不知道什么是爱。

有男孩子向她多看两眼，她便背过身去。

有滚烫的信递到手里，她便将那信依然递还回去，并从此不再理睬人家。

有一天，她收到好大一个邮包。

邮包，是一个远方青年寄来的。

打开来，里面是两袋花生，两袋水果糖（那时，这些都是当地买不到的稀罕物儿）。

还有，叠得整整齐齐的一方手帕——橘红底色，上面是绿色的山峦，角上两个大字——韶山（那在当时是亿万人向往的地方）。

随邮包来的，还有一封信。

信，写得很简单：近日去了一趟韶山，带回这些东西，寄你，请查收。

面对着打开的邮包，她不知道应该怎么办。

退回去吗？人家并没有说什么。怎能太让人难堪。

留下吗？她又朦朦胧胧地觉得，这似乎不像信中所写的那样简单。留下邮包，是不是等于回答了什么？承诺了什么？

终于，她将邮包退了回去。

只是，她留下了那方手帕。手帕里，包着一颗花生，一粒水果糖。

随后，又有一包书邮来，又有一卷画纸邮来（那时，她还喜欢在纸上涂涂抹抹），她让收发室贴上"查无此人"的条子，退了回去，她确实已经调离那个单位，可是，书与画纸她也确实见到了的。

从此，再没有邮包，也再没有信来。

那方手帕，她一直留存到很久很久以后，十多年中，她从未派它任何用场，只是把它放在一个盛着小玩意的纸盒里（很多女孩子都有这样一个纸盒子吧）。

她一直说不清，当年，她为什么退回了邮包，却单单留下了那方手帕。

如今，当她年近不惑的时候，她才明白，年轻时，她曾经不经意地丢掉了什么。

她想起老舍的《茶馆》，那里面，有两句台词，是这样写的：

当年有牙，可没有花生米。

如今，花生米有了，可没有了牙。

月牙儿

没有得到的，才是最美的。

有一天，你忽然彻悟了这个道理。

是在 B 市那由公馆改建的宾馆，你和她同住一间客房里。

洗漱罢，你们倚在各自的床头上，开始了两个女人之间的闲聊。

她向你讲起她的初恋。

这故事，其实你并不陌生。因为，她的他和你就在一个宣传队里，并且你们是很好的朋友。当年，他曾经让你看过他的日记。

厚厚的日记本上，记录着他的心迹，写满了他对"少年"的思念和赞美。"少年"，指的便是她了（这显然是受鲁迅先生的影响，先生不是把许广平称为小鬼的吗）。

满篇是诗，满篇是火一样灼人的语言。

他用一个二十二岁青年的全部热情思念着她。他用一个青年诗人所能想到的全部词汇赞美她。在他的眼里，她就是天使，她就是维纳斯，她就是天底下最好最好的女孩儿。

不说那具体情节了吧，爱情故事，总是大同小异的。

总之，她和他，缠绵悱恻，生生死死，在热恋中度过了几个春与秋。

但是，最终，她选择了她现在的丈夫。

"爱，是不能忘记的。"她斜依床头，泪光点点，"如果我当初选择了他，我现在会很幸福的。"

"未必。"你说，"你当初所以没有选择他，肯定因为他某一点是你所不满意的——你们没有外界压力，你们是自由的。但是你们最终没有走到一起，这便留下了很多想象的余地。

"我以为，你们现在这样很好——

"在他的心中，你永远是当年的你；在你的心中，他永远是当年的他。

"彼此都留下了美好的回忆。

"你曾经轰轰烈烈地爱过，你是幸福的。

"今生今世，在你的心中，永远有他的位置；今生今世，在他的心中，永远有你的位置。

"你知道有一个人时时念着你，你还需要怎样的幸福呢？

"也许，正因为没有得到，才成为最美的。"

她含泪颔首。

你拉开窗帘，已有一弯如眉的新月，斜斜地，挂在树梢上。

你让她看那月牙儿，问她："新月与满月相比，哪个更富有诗意？"

"当然是月牙儿。"

潭

她，和你是同学。

他，也和你是同学，

从小学到中学，你们都在一个班里。

那时候，她是那样腼腆，头永远地垂着，眼睛只看自己的脚尖。课堂上，老师极少让她起来回答问题。

她的声音实在比蚊子大不了多少。

他呢，则是出奇的调皮。课堂上，他常让刚从大学分来的老师哭笑不得。

忽然有一天，男同学们冲着他们俩做起了鬼脸，说他和她"好了"。

这怎么可能？她和他，简直是北极和赤道。

但是，她和他，却是真的"好"上了。且中学毕业不久就建立了家庭。

你再见他们，是二十多年以后，在他和她的家里。

好大的院子，一架一架的葡萄，一棵一棵的果树。虽是工厂，却有着田园牧歌般的风情。

他和她有了三个孩子，分别要考大学、高中、初中。三个孩子的升学，成了他和她全部注意力的中心。

看着他和她，你感到时间的飞逝。分手时，是梦一般的年龄，再见面，都已经人到中年。

看着他和她，你又感到时间似乎是凝固的。他们像山间的一只潭，平静，安详，满足。相依相偎地过了二十年，他们还将继续这样平静、安详、满足地相依相偎下去。

和他们相比，你多像一条蹦蹦跳跳、永不安分守己、永远在寻找归宿，却永远找不到归宿的小溪。

是小溪该去羡慕潭水？

还是潭水该去羡慕小溪？

你说不清。

情殇

得到素的死讯，你是大大地吃了一惊。

不是因为死亡本身（素才三十多岁），也不是死的方式（素是自杀的），而是使素自杀的原因——她是和丈夫吵嘴后自杀的。这怎么可能？他们怎么能吵嘴？而且，怎么能够仅仅因为吵几句嘴，便走上那条没有回程的路？

因为你太清楚，为了和丈夫之间的爱情，素曾经付出过什么。

与素，你们是少年时的好朋友。

那时，你们嘴里背诵着俄语单词，并肩走在上学的那条山间小道上；你们用纸折叠出小小的花篮，从山坡上采来一朵朵野花，装在篮里，便把塞外的春天提在了手上；你们多少次坐在乱石嶙峋的山上，面对西天的彩霞，让唇边飞出清亮的竹笛声；最高兴的时候，是在素那间小屋里，你们说林道静，说少剑波，说金环银环……

现在想来，那盛产煤炭的大山腹地，少的是色彩，多的是苍凉，你们却用少年梦一般的眼光，为自己创造出一个并不缺少美的世界。

那永远逝去的让人留恋的年月啊！

忽然有一天，父亲厉声命令你，以后再不许和素一起玩，原因，却不告诉你，只说那是一个坏女孩儿。

邻居大婶们的只言片语终于漏到你的耳朵里，你才模模糊糊知道，素是和邻家一个男子有来往。那人会拉手风琴，会吹笛子，会唱歌。房道里，常听到他浑厚高亢的男中音。不幸的是，他是有妇之夫，虽然那妇明显地比他老相，与他不配。

于是，素成了人们议论的中心。

于是，素的父亲对她拳脚相加。

于是，你这个比素小了几岁的好女孩儿，便从此疏远并回避了她。以致她后来从林业专科学校给你来信，信中夹带了几片红红的枫叶（那是大山深处所没有的，她知道你必定喜欢这个），还夹带了一枚邮票，你也终于没有给她回信。

后来，关于素的消息，便如雨后的屋檐滴水一般断断续续，一点，一滴。

她从林业专科学校毕业后，恰逢讲究家庭出身的年月，她这个地主的女儿被分配到最偏远的无林可管的荒山沟里。

正是青春韶华，素那光洁如玉的皮肤，那文雅不俗的谈吐，想来当会像每一个那种年龄的女孩儿一样吸引着小伙子们的目光。但是素在等着那人。

她在苦苦地等待着、等待着。

那人终于挣脱了妇的羁绊，与素结婚，素终于回到那人的身边。

素从十七岁与那人接触，待到与那人结合时，已是二十七岁，整整十年。

不知道这十年，素是怎样挨过来的？

十年相思，十年等待，不知素是怎样打发掉那三千六百多个漫长的白昼，那三千六百多个漫长的夜晚。

你与素又见面了，是在分手二十多年后，依然在那大山腹地。素站在柜台后面，你们对视着，说着彼此的情况，却也彼此感到了隔膜与距离。你明白，那少年时的友谊，已成了永存心底的美好回忆。

你在素的眉宇间搜寻着，你想找到那久经磨难后终于实现的爱情。但你没找到，在素的眉宇间，隐约着平淡与落寞。

来到素的家，像走进了医院，白色的窗帘，白色的桌布，白色的沙发罩。

一盆庞大的仙人掌，被修剪成孔雀开屏的形状，占据了一面墙壁。

那人竟依然是二十年前的模样，岁月似乎对他特别仁慈。相比之下，小好几岁的素却似乎比他还要老相。你不由想起他以前的妇。

你看到的是白与绿，而你原想看到温馨的粉红。

一年之后，便传来了素的死讯。

不知道素死前的心态，但推想起来，她必是感到了大的失望。

她早早地走进了爱情世界，在这世界里，她挣扎了那么多年，她的豆蔻年华，她的黄金岁月，都消耗在了苦苦的等待里。她喜爱文学，以她的聪明和悟性，她本可以写出一些东西，还有她所学的专业。为了爱，她把这些全舍弃了，她全身心地扑了进去，爱成了她的全部，她的一切。她必定是把未来憧憬得尽善尽美，妙不可言。

那心境，大抵正如走在沙漠上的人，看到远方绿树婆娑，碧波荡漾，走近了，原来不过是海市蜃楼。那种失望，是非常残酷的。

当她后来终于得到了她所追求的，她才发现，与她原来想象的大相径庭。爱，是她心灵上一根十分敏感、脆弱的弦。因此，当这根弦稍稍被损伤一下时，她便彻底失望了，崩溃了。

素，她为爱而生，为爱而死，我不知该怎样说你。

这篇文字，作为对我少年朋友的怀念。

五月·小院·雨

五　月

五月来了。

五月，乘着浩荡的春风来了。春风里，回响着五月的声音。

枯疲了一冬的江河，迅速丰腴起来，澎湃起来，轰轰隆隆，一泻千里。千条万条沟沟渠渠，在绿野上拨响淙淙的琴弦。春雨淅沥淅沥，雨声中，花草、树木、田禾滋滋地欢叫着，向着天空生长。

一夜风雨声响过，小鸟在落英缤纷的树丛中叽叽喳喳地唱着春之歌。旧时燕子，在空中穿梭起来，剪着春风，剪着柳枝，叽叽地向人们做久别重逢的问候。

校园里，大路上，游乐场中，到处是孩子们的嬉闹声。敞开憋闷了一个冬天的怀抱，舒展开他们的身，舒展开他们的心，无拘无束地，释放出对五月的满心喜悦。

就连走进了人生秋天的老头老太太们，也耐不住五月的撩拨，放起音乐，再展青春的风姿。

云雀在蓝天下唱歌，蛙鼓在田野上播响。五月的声音，使天地振奋，使万物蓬勃。

五月，乘着暖暖的春风来了。春风里，灿烂着五月的色彩。

五月的风，绿了山冈，绿了原野，绿了乡村，绿了城市。绿色，是五月的主旋律，是五月的背景色块。

盛开的鲜花，是五月的和弦，是五月的华彩乐段。

最先铺开的，是金黄金黄的迎春，闪闪烁烁，反射着五月的阳光。随之而来的，是那生命力极强、落地生根的蜀葵。一蓬一蓬，红的似火，白的如雪，紫的近墨，粉的若霞，漂漂亮亮地装点着五月的大地。月季花，妩媚娇艳；玫瑰花，奔放热烈；紫丁香，紫得温柔；白丁香，白得纯洁。

在五彩缤纷的簇拥下，花中之王牡丹花朵最大，花色最艳，色调最全，红则有大红、水红、粉红；黄则有金黄、鹅黄、淡黄；白则有玉白、粉白、水白；紫则有深紫、浅紫、黑紫。集花之大成于一身，既千娇百媚，又雍容典雅，姚黄魏紫，国色天香。

与鲜花相媲美的，是姑娘们的衣裙。

自十年之前，门窗大开，八面来风，吹开了紧闭的国门，吹开了禁锢的头脑，也吹开了黄、蓝、灰统辖多年的服装世界。爱美的姑娘们，放开胆子，追求着美的天地。五月，正是姑娘们的黄金时节。红色、黄色、粉色、绿色，还有叫不出名字的颜色。方格、条纹、大花，还有抽象图案的，各色衣裙，姹紫嫣红，争奇斗艳。姑娘们，在十里长街，在舞厅剧院，如花蝴蝶一般飞来飞去，丰富着五月的色彩，装点着五月的世界。

五月的色彩，缤纷灿烂，描画着美好的春天。

五月，是一首如画的交响乐。

五月，是一幅如诗的多彩的画。

一年一度春风劲。在这多姿多彩的五月里，在这有声有色的五月里，人们，将创造出更加多姿多彩的有声有色的生活。

小　院

小院很小。

佛语云，一花一世界，一草一菩提。

小院，自是一方小小天地。

有粉红的锦葵，紫红的锦葵，丰富小院的色彩。

有宝蓝色的牵牛，水红色的牵牛，为小院吹响带露珠的晨曲。

两架枝繁叶茂的葡萄，是小院的主旋律，为小院挥洒出绿的主色调。

两架葡萄，养了三年，结了九串果实。眼看着邻家院里一嘟噜一嘟噜紫晶碧玉般的累累硕果，笑骂一声"不争气的"，且随它去。

醉翁之意，本不在酒。

只要有满院浓荫匝地，满院绿色如水，九串葡萄，足矣，足矣。

葡萄虽只有九串，枝叶却长得格外精神。

旁逸斜出者，如龙走蛇行；

向上攀缘者，似欲凌空飞去；

往下垂挂者，则飘飘拂拂，格外潇洒俊逸。

更有那热情主动者，不邀自来，敲门爬窗，大有登堂入室之意，却被薄薄一层绿纱，轻轻儿拦在户外。

两架葡萄，上上下下左左右右，把小院布置成一个绿色的天地。

夏日的阳光洒下来，被筛成了绿色。干燥的热风吹过来，被滤成了绿色。葡萄藤下，挂一个细竹篾编就的蝈蝈笼儿，小院里又有了绿色的声音。

藤下空地，撒下三五行韭菜芫荽，看新芽出土，看小苗一天天长得有模有样，便可体味"夜雨剪春韭"的清新。于方寸之间，得田园野趣。

一旦"偷得浮生半日闲"，绿藤下放一把雪白躺椅，椅下，铺半院刚洒过水的红砖地。

半躺半坐之间，一卷在手，或唐诗，或宋词，或《古文观止》，偶尔扫上一眼两眼，吟出三声五声，状在似看非看，意在似读非读。

也是醉翁之意，本不在酒。

最难得落雨天气。当门而立，对满目葱茏，看雨打绿叶，听雨声雨韵，赏心悦目，怡情移性，另是一番意趣。

偶有朋友来访，绿荫如水的葡萄藤下，相对而坐。一杯清茶，作古今谈。天文地理，三皇五帝，国际国内，兴之所至，若行云流水。来自来，去自去，不刻意，不勉强。喜欢那一份浑然天成，自然随意。

醉翁之意，本在山水。

心底里，便深爱这一方小小天地。

小院，远离尘嚣的烦扰，远离横流的物欲，远离美丽的诱惑。

炎炎烈日下，小院递上一捧沁凉的绿意；心性浮躁时，小院弥漫开一片静谧。

坐在小院里，看蓝天云舒云卷，看清风和绿叶嬉戏。于是心静如水，心凉如水。任它东南风来，西北风去，自管坐得端端儿的。

小院，是一个清凉世界。

小院，是一个宁静天地。

雨

雨，应该是一个阴性名词，她，而不是他。

雨，完完全全是女性化的。

春三月的雨，是少女，正值豆蔻年华。

她文静、温柔、清新、羞涩。于人不觉间，她轻轻悄悄地走来，"随风潜入夜，润物细无声"。她如纱如雾，如情似梦，沾衣不湿，拂面不寒。她的裙裾飘过处，天地万物从沉沉昏睡中苏醒过来。种子发出嫩芽，竹林长出春笋，杨柳抽出新枝，睡了一冬的小生灵也伸伸懒腰，走出深深的地穴。

春雨，把青春和生命赠给大地。

春雨，又是一个爱美的姑娘，一个极擅丹青的画师。她手执神奇的画笔，挥洒出一个美丽的天地。

"梨花一枝春带雨"，何等脱俗；"杏花春雨江南"，何等淡雅；而"小楼一夜听春雨，深巷明朝卖杏花"，又是怎样的清幽。这全是春雨的手笔啊。

春雨，遍体芬芳的少女，爱美写美的画师。

夏日的雨，是大嫂，她是个急性子，来也匆匆，去也匆匆。是个利索能干，还带着几分泼辣的中年妇女。

比起春雨，夏日疾雨少了几分温柔和文静，可你要知道，她有那样多的事情要做，她是一位多子女的母亲。

江河湖海等待着她补充营养，被太阳烤得口干舌燥的大地渴望着她的滋润。田原上的庄稼禾苗，山坡上的树木果林，像一群群嗷嗷待哺的孩子，急盼着她的乳汁。年复一年地，她用自己充溢的乳汁喂饱了结实的高粱，喂鼓了肥胖的豆荚，喂足了圆滚滚的西瓜，喂熟了沉甸甸的稻穗。有了她，才有果实，才有收获，才有万种生物的生生不息。

夏日的雨，能干的大嫂，慷慨的母亲。

秋日的雨，是阅尽沧桑的老妇人。

她见过了许多，经过了许多，也做过了许多。她曾经年轻过、辉煌过。如今，桃花梨花谢了，高粱玉米收割了，她该做的要做的都已做过，便显得有几分落寞。更有那喜欢悲秋的，写出"冷雨敲窗"的诗句。发出"一场秋雨一场寒"的抱怨。可她是宽容的、豁达的。她知道，人们不会忘记她的过去，不会忘记她做过的一切。

她并不落寞，她正在描画"红于二月花"的霜叶，绘制出层林尽染、色彩绚丽的秋之图。

更何况，不久之后，又有三月春雨，少女般姗姗而来。

情景六题

瀑 布

本是山间的一溪清流，流过竹林茅舍，流过田畴园林，绕着千山万峰，万回千转地来到这里——这一处断岸，这一处绝境，这一处不可知的深壑。

"前面无路！前面危险！"绿树枝上的黄鸟亮起清婉的歌喉提醒你；

"前面无路！前面危险！"溪水边的青青小草伸出双臂劝阻你；

"前面无路！前面危险！"两旁高耸的山峰以历史老人般的严峻警告你。

你摇摇头，莞尔一笑，纵有千难，纵有万险，既前行，何复归。无路之处便是路，走一条无路之路罢。言毕，它便朝着千仞绝壁，纵身一跃。

这一跃，便完成了生命的一次升华，由平平常常一流清溪，升华为势如奔马、声如惊雷、喷珠泻玉的大瀑布，完成了天地间一处大美。

无路之处便是路。

若没有那纵身一跃，哪来这千古风流。

若没有那纵身一跃，哪来这万古壮美。

水　鸟

像黄绒绒的丝绸上镶嵌着一块滴绿的碧玉，像华贵的金盘托起一方晶莹的翡翠。

是神话吗？……茫茫大漠的中央，湾着一泓清凌凌的水。

水是孩童眼睛一般蔚蓝的清澈，水是处子一样的万般温柔。

水中，有寸把长的小鱼悠闲来去，有美人长发般的水草袅袅娜娜微微飘漾，有黑色的小蝌蚪洒出满池雨点。

红蜻蜓，蓝蜻蜓，绿色的豆娘，在戏水，逗起层层涟漪，一纹追着一纹。

哦，那是神话中的精灵吗———一只水鸟在这泓清水之上盘旋。

在这茫茫大漠的腹地，在这黄沙漫漫的死亡之海，竟然有——一只水鸟。

水鸟，水鸟，正如你的名字，你是以水为生，以水为伴，与水长相厮守的生灵。

那春光明媚、烟波浩渺的太湖才是你的家乡啊；那波澜不惊，一碧万顷的洞庭才是你的家乡啊；或者那十里荷花，十里青苇的白洋淀，才是你世代栖息繁衍的水之乡、鸟之园啊。

眼前，固然也是水。然而，却是在无边无际的大沙漠里。东、西、南、北汹涌着成百上千公里的被太阳烤得喷火的大沙漠啊！

水鸟，你怎么会出现在本不该与你的名字相联系的地方？

水鸟，你是为了什么远离晴空丽日、水肥鱼美的家乡，你是为了什么远离你的同类？

　　你是凭着怎样非凡的功能，感应到这遥远又遥远的大漠中这一点点的水？以你那并不强壮甚至有几分孱弱的双翼，你又是怎样飞渡万里关山，飞渡浩瀚大漠？

　　你不怕长途跋涉的劳苦吗？你不怕天空的鹞鹰吗？你不怕那揭天刮地的沙暴吗？即便是这些你都不怕，你又怎能耐得千里万里独行的那份孤独与寂寞？

　　也许你从来不怕，也许你曾经怕过，然而，你终于来到了这里，找到了这沙漠腹地的一泓清水。

　　正如你的名字，水鸟，水鸟，水便是你的生命，你便是水的灵魂。

　　因此，你便向水而去，哪怕那水远在千山外，远在云天外，远在干旱的大沙漠里。

　　看着你，我想起了逐日的夸父，想起了磕着长头朝拜圣地的信徒们。

　　你给"追求"这个词以最生动的诠释。

贝　壳

　　汽车抛锚在大沙漠的腹地。

　　且下车，活动一下几个小时来坐得酸疼的胳膊腿儿。

　　天是干干净净没有一丝杂色的蓝。

　　沙丘挽着沙丘以柔和的曲线涌动着金色的波浪。

　　不知名的沙生植物顶着一簇簇黄色的小花。马蛇子飞速在沙浪中划过。

　　马蛇子的爪印下，赫然几只乳白色的贝壳、海螺壳。

　　捡起几只贝壳螺壳托在掌心，细细端详：岁月与风沙磨蚀了那一层晶莹的珍珠色。然而，那一圈一圈生命的年轮仍然清晰可辨。

亿万年前，白垩纪还是石炭纪？这一只一只的贝壳里，便是一个又一个鲜活的小生命。它们在百米千米之下的海水里，欢快地翕动美丽的外壳，装点着年轻的地球。

是什么时候，海水消失了？

是什么时候，大海变成了沙漠？

仰首问天，几丝白云抹出淡淡的微笑。

俯首沙丘，沙丘是莫测高深的沉默。

于是，托着贝壳。便如托着一部无字天书。地球的变迁，宇宙的奥秘尽藏其中。

"宿鹭眠鸥飞旧浦，去年沙嘴是江心。"

沧海桑田，桑田沧海。

万物生于无，万物又归于无。一个"变"字，穷尽了自然界人世间的一切，所有。

松树与牵牛

一株牵牛与一棵松树为邻。

松树，郁郁苍苍，大气磅礴；

牵牛，袅袅娜娜，清清俏俏。

牵牛的柔弱反衬着松树的刚健。松树的伟岸更显示了牵牛的纤巧。

这真是奇异的对比，一种不和谐的美。

如果说松树是音域宽广的钢琴，牵牛便是细柔清丽的柳笛；

如果说松树是宏幅巨作的清明上河图，牵牛便是白石老人笔下的一条小鱼。

松树年年岁岁、岁岁年年，经风霜雨雪，做千锤百炼。吸天地之灵气，采日月之精华，成就百年甚至千年的伟业。牵牛的眼睛却只见过短短的夏季。一缕晨风，一滴清露，一抹早起的霞光，便吹响了那浅红深紫或者宝蓝色的喇叭。借了这小小的一点，它便不声不响地完成了一粒功德圆满的果实。纵然只有一个清晨的辉煌，于生命已是无怨无悔。

刚健是美，伟岸是美；

柔弱是美，纤巧是美。

同生宇宙之间，同以日月天地为父为母。没有高低贵贱，无论上下尊卑，生命的价值是同样的，生命的本质是平等的。

蜀　葵

古人喜欢托物咏志，以物喻人。因此便有了牡丹富贵，梅花傲霜，莲花出污泥而不染，松竹梅三友于岁寒，等等。

古人今人，不曾说起蜀葵。

莫不是因为它太平凡？

莫不是因为它太低微？

平凡低微又怎样？今天我来说蜀葵。

蜀葵，实在是一种平凡到极点的多年生草本植物。它平凡到使你随处可见。江南的清溪边，可见它临水玉立，装扮得千娇百媚；塞北的黄土高坡上，可见它昂首蓝天，召唤北飞的大雁；庄稼人的茅草屋角，它村姑般带三分羞赧，静静躲在人后；城市的花圃院落，它却又大大方方，尽情展示自己的美丽。

不需要着意栽植，不需要浇水施肥，只要有一抔泥土，只要有一粒种子随风飘来，它便落地生根，枝繁叶茂地成长起来。她不需要你望穿秋水般地等待。她不会故作姿态地姗姗来迟。她总是与五月的春风为伴，于你不知不觉间如期而至。她把那么多那么美的花儿捧送到人们的面前。火红、水红、粉红，浅紫、深紫、黑紫，还有那云儿一般的洁白，鸭儿一般的嫩黄。姹紫嫣红、蓬蓬勃勃，渲染着五月的天地。

尤为可贵的，是她的不卑不亢，毫无媚态。任你是名士风流，任你是达官显贵，她从不摧眉折腰，从不取悦于人。扎根在城市的花圃也好，落脚于农人的茅屋边也罢。或者生于官宦人家的庭院，或者长在寻常百姓的门旁，她总是不卑不亢，自管快快活活地生长，热热闹闹地开花，那种安之若素，那份宠辱不惊，该令多少人汗颜。

其实，若论花之形态，她不让牡丹；若论色之美艳，她又胜于玫瑰。只因她本本分分，不事张扬，很多人便忽略了这随处可见的美丽。舍近求远，远君子而近小人，正是很多人并不自知的弱点啊。

今天我说蜀葵。

俗比，你便是那朴朴实实、布裙荆钗的糟糠之妻，你便是那任劳任怨、付出很多、得到却很少的农民母亲。

若雅比，你又恰似香山居士的诗句，明白易近，雅俗共赏。妇孺老弱，皆能从你那里得到一份美，一份生活的赠与。

埙 乐

埙，一种古老的乐器。

大小恰可一握，以黄泥烧制而成。上面有一个小小的吹孔，前面排列着六个更见其小的小孔，这就是它的全部。

虽未经考证，我却坚信这是一种最古老最原始的乐器。

在人类的童年时期，原始先民以猎物可以饱腹的满心欢喜，饥寒袭来时的满心愁苦，面对同类死亡时的满心悲伤，仅靠简单的语言已难以表达。于是，他们中的聪明者便制作了埙，从此地球上的这些高级生灵，便以埙吹出他们的喜怒哀乐。

埙，便成为他们演绎与延伸感情的最早的乐器。

埙，伴随过山顶洞人的篝火吧？

埙，伴随过半坡村人的春种秋收吧？

也许考古工作者没有这个发现，但我却固执地这样想。在无意中，听了一回埙演奏的韶乐。古器奏古乐，真是粗瓷大碗装小米稀粥一样的和谐。

那是真正的天籁。

那是来自远古，来自宇宙的声音。它悠远、深邃、缥缈……渺渺茫茫中……那辚辚驶过的，是汉武帝的战车吧；那泰山云海中，是秦始皇在行封禅大礼吧；那正在描绘太极八卦的，是文王周公吧……渺渺茫茫中，轩辕帝乘黄龙飘然而去；充溢天地的洪水中，大禹劈山导流；女娲正炼冶五色彩石，在铺陈一个美丽的天空；盘古自一片混沌中破壳而出，分明了上清下浊，上乾下坤为天为地……渺渺茫茫中，又有一个蓝色的大球飞速旋转着远去，越来越小，越来越小，终于消失于茫茫星海，渺渺太空，无边无际，无始无终的宇宙……

良久，举目四望，犹不知身在何处，身为何物。

当年孔夫子听韶乐，不知可是用埙演奏的？若是，三月不知肉味当不是夸张之词。

鹊雀为邻

鹊是喜鹊。喜鹊与我为邻，是许久之前的事了。

十几年前，搬进现在的住处。新住处房头有三棵大杨树。正当四月，毛茸茸的紫穗铺出满地春意。树上的枝柯间，架着一个鸟巢，那就是喜鹊的家了。喜鹊比我先来，老住户了。俗话说先入为主，喜鹊向我致以热情洋溢的欢迎词。自此，喜鹊在树我在楼，朝夕相望，声气互闻，我与喜鹊比邻而居。

我的邻居是很漂亮的一对，它们以黑白两色为衣，显得俊俏而又华贵。树上的鸟儿成双对，这是一对恩爱夫妻，每日里双进双出，比翼齐飞。有时，一只静静地站着，另一只则在枝叶间跳来跳去，那是丈夫在向妻子显示自己的矫健强壮吧？有时，一只在另一只面前轻轻梳理羽毛，显得无比温柔，那一定是妻子在为丈夫打扮自己了。它们每日在绿叶间出出进进，飞来飞去，十分忙碌的样子。三春之鸟，猜想它们正在忙着生儿育女吧？果然，不久后那树上的小巢便明显地热闹起来，又不久后，绿叶间飞进飞出的身影也明显地增多。邻居不讲计划生育，如今那树上是一个热热闹闹的大家庭了。

热热闹闹的大家庭的成员们个个喜欢热闹，它们一天到晚喳喳喳喳叫个不停。就像京剧团的司鼓能把只有节奏没有旋律的鼓点敲出各种花样一般，我的邻居们能把一个"喳"字叫出多种感觉。喳——喳——单音节带点拖腔，这是慢板；喳喳喳喳，这是急急风；更多的时候，是喳喳喳喳一路叫将下去，大有江河行地，一泻千里之势。赶上我的邻居们高兴，来个家庭大合唱，那可就简直是振聋发聩，气冲霄汉了。

严格说来，我的邻居们不是音乐家，它们的叫声缺少抑扬顿挫，缺少婉转曲折。但它们决不缺少热情。它们是天生的乐观主义者。它们叫得无忧无虑，叫得欢天喜地，叫得昂扬激越。似乎它们有着一肚子的高兴事，因此它们的叫声极富感染力。听着它们的叫声，你不知不觉地也无忧无虑，欢天喜地起来。

喜鹊，喜鹊，难怪人们送给它这样一个喜气洋洋的名号呢。

喜鹊伴我，清晨，它用欢快的叫声送给我一天的好心情；傍晚，它又用欢快的叫声扫去我一天劳作的疲惫。

既是邻居，便免不了有些来往，准确地说，是来而不往。喜鹊有时会来我的小院造访。它有时停在阳台的栏杆上，好奇地向房里张望。我在院子里看书时，它又会文文静静站在院墙上，小脑袋左一歪右一歪。长长的尾巴向上一翘一翘的，像给我的阅读打拍子。我想起那个古老的童谣："山喜鹊，尾巴长，娶了媳妇忘了娘……"我问喜鹊："你是不是那个娶了媳妇忘了娘的坏小子？"喜鹊不理我，拍拍翅膀飞走了。哈，生气了，害羞了，这个小东西！

我的邻居挺大度，不因为我的玩笑记仇，一如既往地时常来我的小院走走，或是停在阳台的栏杆上探头探脑地看我伏案工作，或是文静地站在院墙上伴我读书。

喜鹊解我寂寞，给我以欢乐，有这样一群勤劳、快乐、热情的喜鹊为邻，着实让我高兴。

像一些好故事却有个坏结局一样，悲剧终于发生了。

喜鹊温馨的家被毁掉了。

毁掉喜鹊家园的是我的同类们。

是我外出三天后归来。房头空空荡荡，三棵树不见了，只余下三个白森森的树杈，慢慢渗出一滴滴黏稠的汁液。那是树的眼泪吗，那是树的血液吗，这里发生过一场怎样的杀伐。大树轰然倒地，枝断叶残，满地狼藉。喜鹊的家就这样被粉碎了，失去了家的喜鹊该是怎样凄惶悲伤，它们一定在这里流连徘徊过，它们一定是一去三回头地离开了自己的家园。"绕树三匝，无枝可栖"，那是择木而栖的悲哀，而我的喜鹊邻居却无树可绕，那才是真正的大悲哀。从此，这里没有绿荫，没有鸟鸣，没有满地毛茸茸的紫穗。只余下白花花的太阳照着白花花的水泥楼群。

不知道我的邻居们如今在哪里。

雀是麻雀，说与麻雀为邻，不太确切，准确地说，麻雀只是我的半个食客而已。

对麻雀，我一直怀着一种说不清的感情。都知道那场关于麻雀的冤案。四十年前吧，把麻雀与老鼠、苍蝇、蚊子一起并称为"四害"，都在被消灭之列。不管城市农村，人们拿着脸盆竹竿，见麻雀飞过来就用竹竿赶，敲脸盆轰。这样麻雀被到处追赶着，无法落脚，只能不停地飞呀飞，直飞到力尽气绝，落地身亡。不久后科学家出面为麻雀平反，说麻雀吃粮食也吃田里的害虫，保护庄稼。功过相抵，功大于过。于是麻雀才得昭雪，摘掉了"四害"的帽子。

虽遭此大劫，麻雀家族却依然人丁兴旺，昌盛繁荣。如今，身居闹市的人们已经很难再见到别的鸟类了，唯有麻雀还不时来看看被钢筋水泥囚禁着的人类。

我为人类曾经强加给麻雀的冤假错案歉疚，又佩服它们顽强的生命力，和对人类不计前嫌的大度。

我很想为麻雀们做点什么。

冬天了，田里的庄稼收进人的粮仓了，虫子们躲进泥土里冬眠了。吃粮食又吃害虫的麻雀们靠什么为生呢，它们该是又饥又冷的吧？

我赠麻雀以食物。怕白色的大米不醒目，不容易引起注意，便抓一把黄灿灿的小米。怕把米放在地上它们不容易发现，我把黄灿灿的小米放在高高的院墙上。我想象那黄灿灿的小米会立刻被饥饿的麻雀们一扫而空。

竟没有。几天过去了，黄灿灿的小米依然完好无缺地堆在院墙上。

小东西们很高傲，拒绝我的馈赠。几个冬天了，我为小东西们高傲的拒绝感到挺丢面子。

今冬，麻雀终于来了，而且是在我还没有把小米摆上院墙的时候，而且是成群结队，而且是一日数次，光临我的小院。

把麻雀邀请来做客的，是院子里那一架葡萄树。初冬时节，我外出数日。突然到来的寒流，把一些还未来得及采摘的葡萄就那样冻在枝上。一只巡游的麻雀发现了，于是它呼喊上父母兄弟，呼唤上亲朋好友，呼喊上七大姑八大姨，浩浩荡荡飞进小院，来赴盛宴。

小院前所未有地热闹起来了。麻雀们像古代文人雅士一样且吃且歌且舞。叽叽喳喳的叫声，扑扑索索扇动翅膀的声音，跳上跳下时枝条弹动的咔咔声，还有碰翻落叶时金属般的响声，构成一个多声部的交响曲。麻雀们有时以个体为单位，叽叽喳喳，低吟浅唱；有时则是齐声大合唱。这是个训练有素的合唱队，队员们个个纪律严明。唱时则齐声高歌，声遏行云；停时则戛然而止，鸦雀无声。

吃着我的葡萄且歌且舞的麻雀们却不愿看见我这个主人。我刚在窗前站下，它们就呼啦一声全飞走了。如是者三，也许是禁不住葡萄甜美的诱惑，也许是见我这个人类并没有进攻它们的意思，麻雀们试试探探地回来继续它们的歌舞盛宴。

我不失时机地趁黑夜在院子里撒上大米小米，请麻雀们第二天食用。

我的食客们高兴了，饿了就落在地上，啄食雪白的大米，金黄的小米。渴了就飞上枝头，吮吸葡萄甘甜的汁液。以粟米为肴，以果汁为酒，我的食客们心满意足，小院里歌舞升平，一片祥和。

儿子送我一副对联。

古人孟尝君食客三千

今人冯剑华食客一群

横批：麻雀乐园

只是我的食客们依然与我保持着一定距离。我只可以隔着玻璃，远远观望，却不能走到它们中间。一层玻璃，如同一道"三八线"，隔开了我与麻雀。但是至少，它们不再拒绝我的赠与。

按儿子说法，人对鸟好或者不好，鸟是知道的。

我说，我对麻雀那么好，麻雀为什么不愿意让我亲近呢？

儿子说，它们怕的是整个人类，只你一个人对它们好有什么用呢？

我默然。

但我知道，善待鸟类的绝不仅仅是我一个人。

"花儿"为什么这样红

宁夏川（哪）两头尖，

东靠黄河（呀）西靠山。

鲤鱼满舱花果满山，

金川银川米粮川。

悠长、高远的宁夏"花儿"，在蓝天绿野间飘荡。

滔滔黄河，雄浑、浩荡。一只木船顺流而下，船上，一位银须垂胸的老人和一位戴眼镜的女同志，热烈地交谈着。

茫茫沙海，丘壑起伏，一匹强壮的骆驼，背搭红毡，在沙海里漫游。驼背上，一位戴眼镜的女同志，在引吭高歌。

这是电视纪录片《黄河采风行》的一组镜头。这充满塞上情调的画面，强烈地感染了我，我很想去见一见电视片中的那位女同志——银川市文工团的歌唱演员，对"花儿"颇有研究的安妮。

陋室篇

踏进这个房门，我不禁暗暗有点惊异，这是一个家庭的住房吗？或许，叫它道具间、服装室，或者库房倒更加贴切一些。五颜六色的绸衣纱裙，五花八门的道具乐器，占据了两个房间的大部分空间。一架陈旧的老式钢琴委屈地紧贴着墙壁。两只简易沙发困难地从绸布纸张堆里挤出半个身子。这儿那儿，古香缎的靴子尖，三环鼓的铁脑门，正好奇地探头探脑。水渍斑驳的墙皮，随风起舞的顶棚纸，告诉你这房屋已是好大一把年纪，而那坑坑洼洼的碎砖地呢，则在向来人诉说着它们的不平。

"山不在高，有仙则名……"虽说前人名句言犹在耳，我依然很难想象，这陋室的女主人，是怎样创作了那一支支优美的乐曲，写出了那一首首动听的"花儿"。这拥挤潮湿的房间，和那黄河的飞舟，那红毡铺背的骆驼，是多么不协调呀。

更何况，在这挤满百物杂什的陋室，还同时活跃着相当数目的家庭小成员呢：喏，两只鹦鹉，三只白兔，四只荷兰鼠。还有呢——两只漂亮的大花猫，正亲热地搂抱着，在沙发上呼呼大睡呢。

一定是我那不善掩饰的眼光泄露了心中的惊异，男主人解嘲地笑笑："不像个家的样子，是吗？"说着，挥手把两只被搅醒了好梦而大感愤怒的大花猫赶走，清理掉沙发上的乐谱歌本之类，请客人落座。

12：30；13：00；13：30，一个半小时过去了，还不见女主人归来。

"中午不回来了？"我有点等急了。

"回来，每天都这样，没个准点儿。"男主人习以为常，一边在案板上切肉，一边歉意地回答。

14：00差3分，一阵自行车铃声，伴随着女主人进了院门。

安妮，这名字可说耳濡目染，并不陌生。白里透红的圆脸，自然卷曲的金发。一副黑边眼镜，两只景泰蓝耳环。小小银川，又同属文学艺术界，这面容，也可算得熟悉。可毕竟没打过什么交道，心性阅历，几乎可说是全然不知。我探究地注视着她。

和客人打过招呼，她弯腰搂起小花猫，贴在脸上亲亲，又捧起荷兰鼠抱在胸前抚摸一番，这才端过丈夫切好的肉，熟练地往里面拌着蛋清、麻油，乐呵呵地说："好极了，今天吃烤羊肉。"

可那被丰富的调料拌好的烤肉串，她自己并不问津。她给自己切了两块足有二寸长的腱子肉，洗洗、烤烤，撒上盐面，香香地咬着、嚼着，一面快活地哼唱着。这使我想起一只满足的小猫。说实话，这种食肉方式，我还从未见过呢。

安妮冲我笑着说："看我很野，是吧？我可不愿意作假，觉得这样吃尽兴，就这样吃，可不假作斯文。"

是的，没有一点忸怩作态，没丝毫矫情虚饰。是她常去采风，质朴的山民们陶冶了她的性格吗？也许，正是凭了这份真诚、这份直率，才使她赢得了山民们的心，得以挖掘出那些绚丽多彩的"花儿"，使她在那广阔的艺术天地里驰骋呢。

于是，在烤羊肉那独特、浓烈的香味里，我听她采撷、培育那独特、浓烈的民族艺术之花的经历，像成就每一项事业一样，这里，充满着痛苦与欢乐，交织着失望与希望。

采撷篇

二十八年前，当安妮来到塞上，第一次听到那像泥土一样质朴、

144

像大山一样粗犷的"花儿"时，她的心房为之震颤了，她一下子就全身心地爱上了这未经雕琢的民间艺术。她认定，这是一颗埋在泥土里的珠宝，一棵藏在深山里的山丹丹，一经发掘开采，必将会闪射出炫目的光彩。她庆幸来到这片未经开垦的处女地，她决心要当一名民族艺术的采矿人。

童话电影里，有一朵开在高山顶端、闪烁着美丽色彩的马兰花。在安妮心目中，"花儿"就像那朵奇花，它以那神奇的魅力，吸引着她，召唤着她，同时，也在考验着她的意志与勇气。

20世纪50年代的宁夏，大木轱辘的牛车，慢腾腾地从黄土铺就的街道上缓缓碾过，成队的骆驼，理直气壮地在街道上蹒跚。红袄绿裤是姑娘媳妇们以为天底下最美丽的打扮。剪块红纸，唾点唾沫，在脸蛋上抹出两团圆圆的红来，就是最好的化妆。

在这样一个地区，突然闯进来一个二十来岁、水灵灵的大姑娘，到处拉着人家听唱歌，人家肯吗?

在南部山区的一个小村庄里，有个牧羊老汉，"花儿"唱得特别好，十里八乡，远近闻名。安妮慕名而来，翻山越岭，跟着他走。可老汉阴沉着脸，瞄也不瞄她一下。正走着呢，老汉突然甩起羊铲，土坷垃没有落在羊群里，却不偏不斜地落在安妮脚前面。安妮知道，这是在赶她走呢。可她假装不懂，还是寸步不离地跟着老汉。走乏了，老汉拣了三块石头，准备熬罐罐茶，安妮赶紧抱来柴草放在他面前。老汉要挽褡裢，安妮抢过羊毛帮他搓毛线。老汉扒出羊粪堆里煨熟的土豆，她接过来，大口嚼着，连说："真香! 真香!"

终于，老汉脸上绽开了笑容，说："女子，难得你这一片真心。"

老汉开口了，山"花儿"漫了一曲又一曲，苍凉、豪放、浑厚，安妮听得如醉如痴，小本本上记了一首又一首。

"花儿"，本是回族群众的口头艺术。喜怒哀乐，情之所至，发之于情，行之于声。丰收了，人们用"花儿"唱出心中的喜悦。牧羊人，用"花儿"漫出心中的孤独；青年男女，漫一曲"花儿"，声声传情。山区、川区，牧人、农户，凡有回族群众居住的地方，必有"花儿"。为了采集这满山遍野的"花儿"，就要把足迹撒在这满山遍野。交通工具呢？骆驼、毛驴、自行车，最多的，还是要靠自己的"十一"号。

　　一次，碰上个牵骆驼拉炭的，会唱好多"花儿"，安妮跨上骆驼就跟着人家走。

　　驼队一路蜿蜒，驼铃一路叮咚，花儿悠悠，白云悠悠，沙漠灿灿，蓝天高远。好一番诗情画意。不过，骆驼背上的安妮可感受不到这番诗意。原来，胯下正折磨得她好苦。春天，草枯驼乏，驼背如刀背一样尖硬，骑在这样的光驼背上，其滋味可想而知。尾骨磨破了，火辣辣地疼。只好时而向左，时而向右，来回扭动身子，以分散接触面。七八个小时，百十里路，拉炭人嗓子唱哑了，安妮的本子记满了。待到好不容易从驼背上爬下来，呀，腿肿得好粗，站也站不稳了。拍拍满身的尘土，摸摸怀里厚厚的采访本，安妮开心地漫起了刚刚学会的"花儿"。

　　下去采风，安妮常常是怀里揣两把炒黑豆就出了门。饿了，扔几颗在嘴里嚼嚼，可这黑豆好像特别能吸收人体内的水分。嘴里黏黏的干得发苦，舌头也麻木了。一把火，在五脏六腑里燃烧。土黄色的山峁，干干的山沟，它们也很干渴吗？先坐下休息一会儿吧。一阵小风儿，凉丝丝地吹过，朦朦胧胧的，眼前是一片湛蓝湛蓝的湖水……

　　……

　　颐和园，昆明湖，假日里，中国歌剧舞剧院的一群青年演员正在泛舟。"小船儿轻轻，飘荡在水中，迎面吹来凉爽的风……"小小船儿，满载着青春的欢乐。一个金发卷曲，耳环轻摇的姑娘，笑得好欢。难怪，进团短短几年，已在三十多个歌舞剧中担任角色。从雍容华贵的贵夫人，到衣衫褴褛的穷老婆子，从风流炽热的吉卜赛女郎，到温柔善良的小媳妇，她成功地塑造了各种类型的角色，戏路宽，嗓音好，一个很有发展前途的歌剧演员。不久就要参加出国演出了呢。

忽然有一天，这个黄头发，戴耳环的回族姑娘宣布，她将到大西北那个刚刚成立的回族自治区去。伙伴们惊呆了，这中国第一流的艺术团体，这富丽堂皇的大舞台，还有那样多外国专家、教授，多好的提高艺术的条件。怎么要到那样一个连火车都不通的荒漠上去？可惜了，一个花腔女高音；可惜了，未来的好前程。这个姑娘不多解释，倔强地踏上了西去的路程。

安妮有自己的想法：在北京好多年了，看过新疆的舞蹈，听过藏族的歌声，还有朝鲜族、蒙古族、傣族、壮族……各个民族的各种形式的艺术。可回族的，几乎没见过，她相信，一个民族，既然代代延续，成为祖国这个大家庭的成员，那它就一定有自己的传统、自己的文化和艺术，应该去寻找，去发掘，使这个民族的艺术在舞台上生辉。

几年了，安妮在这个回族自治区，寻寻觅觅，她找到了，那漫山遍野开放的"花儿"……

山上的牡丹沟里的泉，

回族的姑娘歌声甜。

一阵牧羊人的歌声，惊醒了蒙眬中的安妮，她直起身，向"花儿"传来的方向走去。忽然，一洼积水吸引了她，她蹲下身，只见水面上浮游着小红虫，水底沉着羊粪蛋，真脏，可也顾不得了，她掬起一捧，倒入干得冒烟的嘴里。

为采集"花儿",她忍受饥渴劳累,在高山深谷间,追寻着牧羊人的足迹。

为采集"花儿",她乘着羊皮筏子,在波涛汹涌的黄河上,跟踪着纤夫的歌声。

为采集"花儿",她曾骑摩托车摔断过三根肋骨。

为采集"花儿",她的足迹撒遍了宁夏十九个县市的山山水水。

场院里,她听庄稼汉用"花儿"漫出农家的欢乐;山坡上,她听牧羊人用"花儿"讲述山野的故事;土炕上,她听姐妹们用"花儿"唱出女儿家的秘密。耳朵,专注地听;手中,紧张地记。记下那优美的旋律,记下那质朴的歌词,像一只勤劳的蜜蜂,安妮在"花儿"的海洋里,贪婪地吮吸着,采集着、积累着。她要把这株散发着泥土芳香的山野之花,奉献到人们的面前。

在宁夏回族自治区的舞台上,安妮以她那训练有素的歌喉,演唱了风味十足的"花儿"。掌声,肯定了她的努力。当她站在舞台上,一次次谢幕时,那些艰难困苦又都算得了什么呢?噢,不是为了掌声,有什么比看到自己的追求获得成功更令人欣慰的呢?!

紧接着,她又成功地编导了"花儿"剧《巴浪湖畔》,刚刚二十三岁,青春年华,春风得意,命运,对这个姑娘似乎十分恩宠。也许,她的青春和她的"花儿"将一起红艳艳地怒放起来。

磨难篇

在政治风云变幻莫测的年月里,个人的命运,像怒海中的一叶扁舟,谁能把握得住?

正当安妮的青春和"花儿"一起含苞欲放时,一场春寒袭来,她被扣上了"地方民族主义"的帽子。好大的帽子哟，把她精心编排的舞剧一下扣进了黑暗里，可并没扣灭她的爱"花儿"的心。

不久，那场"革命风暴"，迅不及防地刮来了。

她被这场风暴刮到贫穷的山区。不过，这次可不是来采风的，而是戴着"反动权威"的帽子来劳动锻炼的。

劳动，她并不胆怯，这时，她很庆幸幼年时的草原生活给予她的强壮体魄。四五岁时，当时很有些名气的电影演员的母亲和父亲一起，参加革命去了，把她托付在牧民的家里。在那里，她学会了骑马，学会了放羊，学会了大块吃肉（若不是年纪小，又是女孩子，很可能也能学会大碗喝酒）。她爱大自然，爱动物，爱一切有生命的美的东西，更热爱淳朴、善良的劳动人民。她在贫穷、憨厚的山民中，如鱼得水。她和乡亲们一起，锄地、下种、背粪、牧羊。她的豪爽、开朗、热情，使她和山民们亲如家人。她有好多"干娘""干大"，疼她、爱她，抚慰着她被伤害过的身心。

为了"花儿"，她已是两番受挫，但她坚信自己的追求。发展民族艺术，何罪之有？她决不放弃。

于是，在山高皇帝远的山旮旯里，她半公开地收集着"花儿"，收集着流传在群众中的民族乐器，有姑娘媳妇用来逗乐传情的"口弦"（老百姓叫"口口"），有牧羊人吹的"牛角笛"，有小娃娃们吹着玩的"泥哇呜"。妇女的各种头饰，衣服的花边、头巾的各种扎法，小伙子的裹肚儿，缠腰，全是她注意的对象，她用铅笔画，蜡笔涂，描摹下来，保存起来。她又像个收藏家、收集女子们花花绿绿的绣品：插针用的"绣儿"、放香用的"香笼"，绣花鞋上的鞋面，年轻人的绣球，全都在她收集的范围，还有那念经、祷告时抑扬顿挫的声调。如果扬弃宗教的成分，单从音律上讲，简直就是很优美的音乐呢。她为自己的民族而自豪，也更坚定了为发展民族艺术而献身的信念。

磨难，使弱者消沉，而对有理想、有追求的奋斗者呢，它却无疑是一块磨炼意志的砺石。几年的下放生活，使安妮更深入地了解了不同民族人们的生活习惯，衣物服饰，性格特征，心理素质。她大量地吸取着民间艺术的营养，为她日后的创作提供了坚实的基础。

干事业，不易；一个女人，要干点事业，就更难。

作为女人，安妮是妻子，是母亲。可她却很少能把时间和精力放在丈夫和孩子身上。

她常常要下乡，要采风，要演出，要辅导学生。唯一的一个女儿，却难得见到自己的妈妈。寒寒暑暑，不觉中女儿长成了大姑娘，也做了妈妈。安妮心里却常感到很愧疚，觉得自己没有尽到做母亲的责任。她培养的歌唱演员，有的上大学深造，有的已在舞台上小有名气，可她的女儿却是一个普通工人。孩子从小喜爱艺术，对音乐有较高的悟性，可自己却没能省下点心血和时间来培养造就自己的孩子。

还有丈夫呢。为了事业，为了她倾心热爱的"花儿"，安妮常常早出晚归，要频繁地外出，这就引起了丈夫的不满。晚上，她要熬夜工作，"叭"，他那里把电灯熄灭了。丈夫要的是温柔体贴的妻子，是妩媚多情的女人，却不能容忍一个时常下乡，把家务甩给自己的词曲作者；一个不能按时把一日三餐端到面前的先进工作者。虽然奖状领回了一张又一张，却不能换回丈夫的心。

安妮，她的豪爽很带几分男儿之气，可她内心的感情是很丰富、很细腻的。她爱美好的音乐，她爱美好的服饰，她爱世界上一切美好的东西。她那样温柔地爱抚那些弱小的小动物，她怎么可能不爱自己的丈夫和孩子？

在家庭和事业之间，她选择了事业。

她掩盖起感情的伤疤，在事业的追求中寻找着寄托和乐趣。

意想不到的种种谣言就像一盆污水，向她迎面泼来。

她常为别人的歌词谱曲。词与曲，是一首歌的躯体与灵魂，二者要珠联璧合，相得益彰，才能成为一首好的歌曲。词作者与曲作者，是紧密的合作关系，他们要一起讨论，一起争议，在一起享受成功的欢乐。当然，必不可少的，是频繁的来往和交谈。这些来往和交谈，若在同性之间，大约谁也不会注意。可如果是两个性别不同的作者呢？

不幸的是，与安妮合作的大多是男性词作者（我们有多少女诗人呢？），而安妮又是一个离异了的独身女子。于是，流言蜚语，不胫而走。详尽，细微，比真实还要真实。好像在这个独身女人的院门口，有人一天二十四小时施行着监护权。谣言，抓不住，摸不着，本是好事者们茶余饭后的谈资，是无聊者们淡而无味的生活中的一点盐分。

"人言可畏"，阮玲玉的哀叹已是半个多世纪前的事，但对别人的隐秘有着特殊爱好的人，大概再过两个世纪也不会绝迹。不过，毕竟是半个世纪后，安妮也毕竟是安妮。她打开院门房门，大声宣布：

"前后左右关心安妮的人请注意，今天我这里有人来，各位请盯紧着点。"当然"关心"她的人这时候都销声匿迹了。

变外界压力为自己的动力，是强者之举。潜心研究"花儿"多年，何不自己写词。不是为了躲避谣言，而是为了使自己更全面一些。她试着自己写了一首"花儿"，自己谱上曲子。弹起钢琴，唱起自己作词谱曲的"花儿"，一时间，什么谣言，什么烦恼，全离她而去了。她沉醉在音乐的王国里……春雨，春风，如烟，如梦，呵，一个童话般的世界……

安妮，她将美好的艺术献给人们，为这贡献，她付出了艰辛和感情的代价。人们啊，如果互相多一些同情，多一些理解，多一些尊重，我们这个世界该多么美好！

奋斗篇

春秋更迭，二十七番寒暑。安妮，当年的金发少女，如今已是人到中年了。

二十七年，为了挖掘发展民族艺术，她踏遍宁夏的山山水水，她经历了人生的风风雨雨。艰辛、挫折，都莫奈她何。她不折，不弯，奋进着，搏击着。她把"花儿"从山野里采出，去粗取精，去伪存真，精心地栽培它，扶植它，使这朵民族艺术之花，在祖国的大花园里灼灼盛开。

　　宁夏川（哪）两头儿尖，
　　东靠黄河（呀）西靠山。
　　鲤鱼满舱花果满山，
　　金川银川米粮川。

安妮以质朴写实的语言，歌颂美丽富饶的宁夏山川：

　　川牡丹花开（哟）千万朵（哟）。
　　回族姑娘呀唱新歌。

安妮以多彩热烈的形象，唱出姑娘们的欢乐：

　　火红（的个）太阳照山崖，

四化的红花呀遍地（者嗨嗨）开。

安妮以满腔激情，歌唱祖国的四化伟业。

《山川遍地金灿灿》，热情、亲切；《公社的羊群上了山》，辽阔、豪放，《乐呵呵》，风趣、活泼。

笔触所及，安妮从《抓发菜的姑娘》写到《李大伯贴春联》，从《宁夏川》写到《矿山小路》。她塑造了一个又一个鲜明生动的音乐形象，谱写了一支又一支风味浓郁的"花儿"。这些"花儿"，飞往古城西安，飞往天山南北，飞往伟大祖国首都，在庄严的人民大会堂里盘旋。

1980 年，全国少数民族乌兰牧骑会演期间，安妮作为代表，登上人民大会堂的舞台，唱一曲"花儿"，表达心中的喜悦。她的照片在《人民画报》和地方画报上登载；她的事迹，被中央和地方电台播送。

艰辛的劳动，换回了成功，换回了荣誉。

该满足了，可安妮并不满足。

改革，前进，开放。20 世纪 80 年代的中国正在腾飞。

安妮，怎能满足以往的那点成绩。艺术的发展，要跟上时代的步伐，要紧密配合祖国的建设事业。

安妮挑头，组织起了演出队；她调动自己近三十年的生活积累，创作节目，制作乐器，设计服装；她把农村娃娃的"泥哇呜"搬上舞台，创作了哇呜独奏曲《俏皮的尕娃子》；她改造了牧羊人的"角笛"，写出了角笛独奏曲《啊，美好的生活》；她用妇女喜爱的口弦奏出了《星月映辉》；她设计、制作了铃环、环鼓、三环钗、羊头弦子等乐器。

她根据妇女爱花、爱美、爱小铃铛的心理，设计了多种纱裙、靴子、头巾。她坚持要有民族特色，要符合人民群众心理特征的原则，使这个演出队的节目、服装、乐器，是"别人没有，唯我独有"的。她还计划制作民间的各种工艺品，作为演出队的副业搞起来。

安妮，她有着那么多的设想，那么多的计划，也有着那么多的困难和烦恼。

全部经费，只有别人一个舞剧的四分之一。服装、道具、乐器的制作费在里面，二十多个演员的工资在里面，演出的费用在里面，聘用专家的酬金也在里面……真是捉襟见肘啊。

安妮开玩笑地说："常从广播里听到某某人挖到多少多少银圆、金块，怎么我就碰不到呢？"这话很有点财迷的味道，可谁知道，她有一大包无处报销的发票、单据。有买塑料纸的，有买各色流苏的，还有买珠子、铁皮等的。这些，全是为了制作乐器、服装，合计起来，有三四百元之多，这，全是她自己掏的腰包。在有些人惯于一切向钱看，把国家财产据为己有的时候，她却拿出自己的钱用在发展艺术事业上。

为了省钱，安妮带着演员们，自己动手制作服装、道具。当人们坐在剧场里，欣赏演出队的节目时，谁能想到，闪烁在女演员脸颊旁的耳环，是用可口可乐的铝筒制作的；而那飘逸曳地的彩裙，是用十几元一条的被面，自己缝制的呢。还有那舞台上的纱幕，买一条，要花上千元钱。她们用白纱布代替，只花了几十元钱。安妮像一个精细的管家婆，绞尽脑汁，小心翼翼地使用着仅有的那点资金。

演出队没有自己固定的地址，怎么排练？他们只好利用别人的排练厅。话剧团，越剧团，歌舞团，见缝插针，利用别人排练的间隙插进去。用一次就是几十元的租金，没有那样多的钱。常常，安妮的那两间陋室，就成了演出队的排练场。她那唯一像样的家具——大衣柜里，挂满演出服装。自己的衣物，只好塞在一个大纸箱里。演出队的许多衣料、乐器、道具，也只好堆在她那两间小屋里。

别小看安妮的这两间陋室，这是演出队的办公室、道具房、排练厅。安妮，她一身兼数职——队长、导演、作曲、服装设计、乐器制作。她把她全部的身心，全部的精力，扑在了她为之献身的事业上。

她庆幸的是，她有那么好的队员，这些十八九岁，二十出头的姑娘、小伙儿，别看一个个长得眉清目秀，可工作起来都十分泼辣，他们齐心协力地共同奋斗着。

她更庆幸的是，她如今有一个好丈夫；他叫莫建成，是个很不错的男高音。他理解她、支持她，分挑着她的担子，为了共同的事业，他们并肩而立。在安妮工作紧张的时候，他默默地承担起更多的家务。安妮珍视这种理解，珍视这可贵的爱情，她感到，自己是幸福的。

可并非所有的人都能理解她。一个艺术队，招来了多少非议，骂她是"野心家"的有之，骂她搞分裂的有之。更甚者，有人竟将避孕套放在她家的饭锅里。为什么要这样对待她，她不过是要干点事情，并没有损害到任何人的利益。

她觉得气愤，觉得委屈，但她决不心灰意冷，她像只皮球，拍一下，蹦得更高。难怪有朋友称她为"安铁头"呢。

塞上九月，稻香鱼肥，演出队以那风格独特、风味浓郁的节目，赢得了国外来宾的掌声，得到观众们的承认。

演出结束了，安妮的奋斗在继续，困难也在继续，大概各种谩骂也会继续。她不停地奔忙着，为资金，为场地，为人员……这一切，都是为了她心中那个最大的心愿：

"五十六朵花都尽自己的能力开放了，祖国的大花园才会更加美丽；五十六个民族都奋发了，中华才能振兴。"

已是下午6点多了，烤羊肉的香味早已飘散。我的思绪依然沉浸在安妮的谈话里。看着她收拾起满茶几的各种口弦、哇呜、角笛。还有各种花花绿绿的绣制品（都是谈话中她拿出来让我看的），再打量眼前这两间凌乱、破旧的小屋，我又想起了《陋室铭》。在这两间小屋里，没有彩电，没有冰箱，没有成套的家具，甚至没有一个家庭基本应有的东西。但我觉得，这屋子的主人是十分富有的，因为她拥有自己的事业，拥有一种执着的追求。

男女主人送我出来，热情地邀请："下次再来。"

我会再来的。但愿我下次再来的时候，主人已搬出现在的陋室。像这种在事业上做出贡献的人，理应受到更好的待遇。

我也愿她的演出队，能有自己的排练场地，能有足够的资金，把安妮从这些不必要的困扰中解脱出来，让她有更多的时间和精力，来从事"花儿"的创作，从事艺术的研究。

"花儿"为什么这样红？因为有辛勤的育"花"人。愿"花儿"和育"花"人的艺术生命，灼灼怒放，永葆青春。

寻找精神的家园

"一度被冷落了的革命圣地延安，如今又红盛起来了。"

这是《陕西日报》在1990年8月6日头版头条刊登的消息。

"7月下旬，记者在此间采访时看到，尽管仲夏带给延安的也是一片火热，但满载着国内外参观宾客的各种轿车、吉普、面包车，仍潮涌般地驶向延安。延安城的大小宾馆、旅社、招待所，几乎日日爆满。"这位敏感的记者压抑不住心头的惊讶，一反平稳的新闻文体，激情洋溢地报道。"一笔笔数字里显示着延安的红盛状况；延安革命纪念馆今年1至7月共接待参观者十一多万人次……"

这则消息在全国报刊中的反响可能是出乎这位记者的意料的，在不长的时间里，不少报刊都进行了转载。而且，大都放在醒目的位置，以提示读者。

其实，读者也同样敏感。

这是一种讯号！这是一种信息！

毕竟，稍有经历的人，都知道延安，都知道关于延安的那首歌儿："巍巍宝塔山，滚滚延河水……"

在中国人的政治生活、文化生活中，延安绝不仅是一个地理名词。

它早已和每一个中国人都有了千丝万缕的联系。且不要说作为"人文始祖"的黄帝及其部落就兴起在这块土地，在完成统一中原大业后，又落叶归根，安葬于桥山之巅；且不要说秦王巡视，汉武驰骋；且不要说生于斯、长于斯，叱咤风云的英雄李自成、张献忠；当1935年10月19日中共中央从江西一路遥迢，转战到达吴起镇，至1948年3月23日东渡黄河转向华北，延安就和中国现代史紧紧联结在一起。它已经成为一种象征。

"几回回梦里回延安，双手搂定宝塔山……"

那是老诗人贺敬之唱的，他自己就属于延安，把延安当母亲，因此唱得真切而动情。

后来又有人唱着他的《回延安》奔赴延安，那是"文化大革命"中串联的青年、红卫兵，一群群，一队队，从祖国四面八方，奔向这座陕北名城。那时，那是一派狂热，又有一腔真诚……

再后来，去延安的，则是知青了，他们一汽车又一汽车地从京城，从毛主席的身边，来到这黄土塬，在"信天游"的旋律下，他们生活了一年又一年，然后就是离别。他们中的史铁生，成了一名作家，极为留恋他插队的地方。《我遥远的清平湾》，既是一曲颂歌，又是一支绵绵无尽的哀婉长箫。

知青离开后的若干年内，陕北沉默了，延安沉默了，几乎没有什么人注意到这块地方，整个社会的注意力，都有了新的目标：广东、深圳……

被遗忘的北方。被遗忘的延安。

在改革的大潮中，延安真的被冷落了。特别是在当代青年中，那些二十岁左右的青年人，延安对于他们，既没有上辈人的亲切熟悉，也没有像史铁生这样年纪的一代人的那种情愫，他们在延安之外的世界里，徜徉太久。1990年暑期之前，有关部门号召大学生利用假期，进行社会考察。他们几乎是一致的步调，把视线投向了延安，投向了革命的老区。

奔向延安

从宁夏回族自治区首府银川到陕西延安的公路，全长六百余公里，其间山高沟深，路况极差。

正值炎夏7月，在这条公路上出现了一支二十三人的自行车队。领头的自行车上，一面红旗呼啦啦迎风飘舞，分外引人注意。

这是宁夏工学院的学生组成的"赴延安社会实践考察队"。

大概也是这条公路有史以来第一次有幸作为中国年轻大学生的征途。

灵武、盐池、定边，五十公里，一百公里，黎明启程，黄昏时，他们才能在便宜的小旅馆里歇息。一路骑下来，他们脚肿了，腿酸了，待晚上躺在床上，浑身骨节像散了架一样胀痛难忍。这帮二十来岁的年轻人，什么时候吃过这种苦呢。

前面的路还很远，前面的路更艰难。

从定边到吴旗，二百公里路程，典型的高原地貌，多少亿万年的雨水冲刷，把黄土切割成了山和沟。山不峻拔，但浑厚高大，沟里无水，深不可测。公路是从大山上切出来的一条，右边，是高不见顶的大山；左边，是深不见底的深沟。前不久的一场大雨，把大量泥土冲到路面上，天晴了，车碾人踩，泥水变成了三十多厘米厚的尘土。在这样的路上骑车，只能骑一段，推一段，注意力必须高度集中，否则，不是撞到山上，就是跌到沟里。没过脚面的浮土被脚和车辆搅动起来，飞扬起来，落了满脸满身，二十几个精精干干的小伙子成了二十几个土人。

高原的天空，没有一丝云，火一般灼热的阳光无遮无拦地喷射下来，烤炙着这支自行车队。汗像水一样流进了眼睛，湿透了衣服。在落满尘土的脸上身上冲出一道道泥沟。原来在教室里捂得白皙的面孔，被高原的太阳晒黑了，晒红了，晒脱皮了，嗓子干得像要冒烟，多想喝口水，润润焦干的喉咙。可是前面还有八十多公里的路途呢，水壶里的那点水还是留到最最需要的时候吧。

学生杜桐和王吉胜，本来从定边买了个大西瓜带着，一路上也没舍得吃，却在刚才爬山时掉到了沟里。气得杜桐直拍大腿，这一个西瓜，在此时此地简直与仙果无异，更何况，对他们这几个学生来说，尤其重要呢。一路下来，他们几乎没有正正规规地吃过饭，白天要行路，自然只能啃干粮；待晚上住下来，其他学生好好歹歹还能到饭馆里吃顿热乎饭，他们却仍然只能吃干饼子，喝开水。

检查一下自行车，前闸的螺母不见了，挡泥板松了，包歪了，胎爆了，一辆自行车能够出现的毛病，全都出现了。几天的辛苦，人快散架了，车也快散架了。

人困马乏，前面的路真难走，可也只能向着前面的路走下去。想想有多少同学争着参加这支长征队却因名额有限没有加入进来，想想临行前那隆重的欢送仪式。院里的党政领导来了，自治区的宣传部部长来了，教育厅厅长来了，甚至还请来了有名的贺兰山军乐队为他们奏乐，以壮行色。这次远行，是社会考察，是学习革命传统，也是体力的锻炼，意志的锻炼。当年的二万五千里，不是被先辈的双脚一步一步丈量过来了吗？

胜利在前面，延安在前面。这帮自小在优裕的环境里长大的 20 世纪 90 年代的大学生们，修好自行车，擦擦额上的汗水，舔舔干裂的嘴唇，继续着艰难的旅程。

六百多公里的路程，他们用了六天的时间骑到了。沿途，他们还拜谒了盐池的烈士陵园。在志丹、吴旗等地他们还走访了老红军，听他们讲述了当年的战斗故事。

未进延安，他们已在接受延安精神的教育。

远远地，看到那有名的延河大桥了。看到那电视上，书本上无数次出现的宝塔山了。历尽艰辛的远征队员们，欢呼着向前飞驶，车轮生风，红旗漫卷。

延安，伸开双臂，迎接着他们。

西安开往延安的班车上，几名男女青年格外引人注目。这是几位军人，只是除了带队的那位肩章上有一道杠两颗星外，其余的，绿军装上是两块鲜红的肩章。这是西安第四军医大学四大队一分队的学员们，六男三女。带队的是他们的指导员彭运力中尉。这是奔赴延安的学生大军中的一支小分队。

他们是自发组织的。

快放暑假了。学校要求学生利用假期进行社会考察。不约而同地，他们想到了延安。

从很小的时候起，他们从爸爸妈妈嘴里听到延安，从书上看到延安。考入军校，成了大学生，成了军人，又处在距延安不太遥远的西安。延安在他们的心中更加贴近了。去亲眼看一看延安，去亲身感受一下延安，去实现这美好的愿望吧。

王晓红，这个阴山脚下长大的蒙古族姑娘，本来决定利用这个假期去南方好好玩玩。大上海的繁华，杭州西湖的秀丽，江南风景的明媚，对于从未到过黄河以南的她，无疑具有极大的吸引力。但是当她听到去延安的消息后，她毫不犹豫地退掉了去上海的车票，加入了北上的小分队。

在中国共产党的历史上，有一个有名的"古田会议决议"，一区队的林雨东，家乡就在古田这个地方，因此他从小就比别人更多地接受了革命传统的教育。千里迢迢从福建来到北方上学，他的心早就从南方的老根据地飞到了北方的老根据地，他当然不会错过这样一个去延安的机会。尽管他的口袋里装着父亲的来信，告诉他家里有事，让他回去。

还有来自福建莆田农村的陈福权，也把家里拍来的电报藏了起来。

南方，可以以后再去；家乡，可以以后再回；去延安的机会，却可能只有这一次。

延安，像磁石，吸引着颗颗年轻的心。

平时省吃俭用从津贴费中节存下来的钱，还有刚刚收到的爸爸妈妈寄来让他们探家的路费钱，集中到一起，作为延安之行的路费。

一区队的谢华，算是他们中的"财主"了。这个聪明精干的姑娘，从小学起就是学生干部，在高中时入了党。爸爸在沈阳郊区开了两个小工厂，效益不错。妈妈心疼这个为他们争光争气的宝贝女儿，常给她寄些零花钱，她没有零花，全存了起来。这次，她拿出钱来，借给别的同学，又买了一台海鸥相机，她将为同学们拍摄那些难忘的时刻，留下永远的纪念。

出发之前，他们把军用水壶灌满开水，又从食堂买了三十个馒头和一些榨菜，这就是他们在一整天的长途汽车上的饮和食了。都知道面包比馒头可口，汽水比白开水好喝，鱼肉罐头胜过咸菜，可他们没买。不仅仅是因为钱少，去延安，他们有意要尝试一下艰苦的滋味。当他们在长途汽车上拿出这些朴素的干粮时，满汽车啃着烧鸡，喝着罐装饮料的旅客们投来了惊异的目光。

1990 年 7 月至 9 月，在西安通往延安这条繁忙的公路上，不间断地飘洒着中国大学生们的欢声笑语。

陕西轻工学院，出动了十多辆大轿车，来了四百多名大学生，出发前，还从当地驻军请来教官，进行了三天的军训。

西藏民族学院的一群刚由雪山高原来到内地的农牧民的后代们来了。

远在天府之国的西南大学的大学生们来了。

黄浦江畔的上海大学、上海音乐学院的大学生们来了。

北京大学、清华大学、人民大学、南开大学、西北大学、西安交通大学、航空学院、导弹学院、大连工学院、山西财经学院、内蒙古师范大学……

延安革命纪念馆的工作人员告诉我们，1990 年 7 月至 8 月底，一个半月的时间里，他们接待了十多万来自全国各地的大学生们。从延安各个参观点松散的管理来看，这个数字，其实并没有记录下来访大学生的全部数字。

20 世纪 90 年代年轻的大学生们，潮水一般涌向延安。

他们看惯了都市开放繁华的双眼，将会看到些什么？

他们比中国任何时代的大学生们都要活跃的思想，将会思索一些什么？

来到了延安，看到了延安。

延安，在中国革命史上有着非凡地位的塞上古城，以她朴素无华的本来面目，迎接着来自全国各地的大学生们。

二十来岁的青年人，生长在优越的环境里，十几年、二十年的人生之路，满是鲜花与和平鸽，满脑子是五彩缤纷的幻想。革命圣地，在有些青年的心目中，它应该罩着神圣的光环，闪烁着五色霞光。

眼前那连绵不绝的黄土山峁，陈旧灰暗的街道楼房，使他们心中有了一丝失望。"延河水并不滔滔，宝塔山并不巍巍"，有的大学生发出了这样的慨叹。

但是很快地，他们便被延安征服了。

在这里，他们看到了一段辉煌的历史，一种伟大的精神，一种中华民族优秀文化的深厚积淀。他们年轻的心灵，被深深地震撼了。

1935 年，中国共产党领导的工农红军，踏过千山万水，历尽千难万险来到黄土高原的腹地。这里是中国偏远贫困的一隅，没有富庶的土地，没有丰富的物资。然而，十三年后，这支队伍从延安走出去，夺回了北京，夺回了上海，夺回了中国所有的城市和九百六十多万平方公里的土地，把国民党军队赶到了海峡那边的一隅。历史不容置疑地摆在面前，这种位置的对调，是历史的必然，也是历史的奇迹。

奇迹是怎样产生的？

中学小学的课本上写着。但是，只有当年轻的大学生们置身在实景实地的时候，他们才切身感受到他们从书本上所没有感受到的。

凤凰山麓，一所幽静的小院，迎门处，一丛刺玫生长得蓬蓬勃勃。两间窑洞，箍着土灰色的石块。窑旁，一盘石碾。这是毛泽东初到延安时的居所。

土炕、布被，油漆落尽的方桌，关不严的老式木柜，墙上挂着毛主席与白求恩的合影。一切，简陋得不能再简陋，朴素得不能再朴素。在这狭小简朴的空间里却曾经活跃着一颗异常睿智的大脑。它涵盖四野，骛及八荒，上下五千年，纵横八万里，神州大地，世界风云，尽收眼底，"欲与天公试比高"，势绝古今。胸中自有雄兵百万。

走进这窑洞，肃穆之情油然而生。

伟人已然远去。站在他曾经置身的空间，却依然感觉到他的存在。

这些大学生们，没有经历过二十多年前的那场运动。但当我们采访时，不止一人说出了当时的这种感受。

中国科学技术大学的同学说："走进这窑洞，有一种触电的感觉，对毛主席一下子肃然起敬。"

西藏民族学院的赵小兵同学说："原来以为，领袖也不过是普通的人。这次到延安参观，看到毛主席住在寒冷的窑洞里，在昏暗的油灯下，却写出了《论持久战》《矛盾论》《实践论》等百万字的文章，指挥了抗日战争和解放战争的胜利，感到他确实是一个非常了不起的伟大人物。在毛泽东和共产党的领导下，中国革命才取得了伟大的胜利，中国的历史才开创了一个新的纪元。"

杨家岭，林木葱茏，紫气蒸蔚，这里，曾是中共中央所在地。

"走向太阳升起的地方"，鲜艳的红旗上，金字闪烁，第四军医大学的学生们迈着整齐的步伐走来了。

宁夏工学院的学生们骑着自行车赶来了。

西北轻工业学院的大队人马浩浩荡荡地赶来了……四面八方的学生都来了。

他们参观了七大会址，参观了领袖们居住的土窑，参观了毛主席发表《在延安文艺座谈会上的讲话》的中央大礼堂。

最后，他们来到一片松柏环绕的土坛。

1944年，八路军的一位普通班长，在烧炭时，窑洞倒塌，以身殉职。消息传到毛主席那里，他放下手头纷繁的工作，立即指示：要开追悼会。说罢，他提起沉重的笔，为追悼大会题写了"向为人民利益而牺牲的张思德同志致敬"的挽词。

这片松柏环绕的土坛，便是当年追悼大会会址。

就在这次追悼会上，毛泽东做了《为人民服务》的著名演讲。

四十六年后的今天，中国新一代的大学生们，站在这片土坛上，齐声朗诵《为人民服务》。他们感到一种精神的洗礼，加深了对共产党的了解。

一位是党的领袖，一位是普通士兵。这篇文章，反映了官与兵的平等，更是对一种精神的提倡。

这就是全心全意为人民服务的精神。

在杨家岭，在枣园，在四八烈士陵园，在大学生涉足的所有地方，延安的历史上，贯穿着、闪烁着这种伟大的精神。

枣园，原名延园，1935年至1943年间，这里是中共中央所在地。这里满园枣树遮天蔽日，浓荫铺地。一条清清小溪淙淙流过。1940年，中央机关和附近部队帮助群众修起了这条长达六公里的小渠，解决了附近农民吃水用水的大难题，老百姓感激地为它取名为"幸福渠"，它成了当年共产党想人民、为人民的象征。在枣园，一幅照片吸引着学生们的目光。1943年正月十五，中央书记处请来了二十四位六十岁以上的老乡，在小礼堂里为老人们拜年祝寿。有位七十岁的老农民接过毛主席敬给他的酒，感叹地说："我长这么大，从光绪到宣统到民国，第一次看到官府的人为我们老百姓祝寿。"这张照片，就是当时留下的珍贵镜头。

吸引学生们目光的，还有这样一幅照片：这是一幅王震同志和外来友人的合影。年轻时的王震将军英姿勃发，身着粗布棉衣，脚前摆着一盆花。谁能想到，这盆花，竟是为了遮挡住王震同志鞋上的破洞。

从这幅照片，从延安的每一寸土地上，大学生们看到的是艰苦的岁月，也看到了在那艰苦的岁月里形成的一种精神力量。

在枣园、杨家岭、王家坪的土坡上，大学生们参观了领袖们的故居。黄色的土窑洞，简陋的桌椅，几张会客用的土沙发，便是最高级的奢侈品了。

美国记者斯特朗在她的访问记录中写道："党的负责干部住在寒冷的窑洞里，凭借微弱的灯光，长时间工作。那里没有讲究的陈设，很少物质享受，但是住着头脑敏锐、思想深刻和具有世界眼光的人。"

在这艰苦的岁月，为了生存下去，战胜敌人，党的领导人发动了轰轰烈烈的大生产运动。党的领袖们，与普通士兵一样，投入到大生产中去。那摆在领袖故居的纺车就是见证，那一片片菜地就是见证。共产党的领导者们，用他们那扭转乾坤的双手，纺线、种地。周恩来曾是纺线能手，朱德像对待孩子一样细心地耕耘他的那块菜地。

范续亭将军在《赠朱总司令》诗中写道："时人未识将军面，朴素浑如田舍翁。"诗是写朱总司令的，也是当年共产党领导人的写照。党的领袖们，与普通士兵和人民一道过着艰苦的生活，一样住窑洞，一样穿布衣，一样每天五分钱的菜金，一样开荒种地。上下一致，官兵一致，军民一致。正如朱德同志所说，这里"只见公仆不见官"。

一名外国记者考察延安后的评语是："这里没有徇私舞弊，以权谋私和贪污腐化的现象，这里是一片净土。"

对此，大学生们感慨颇深。

他们虽然尚未走上社会，但社会上的另外一面他们却看到听到了不少，利用职权、谋取私利者有之；贪污腐化者有之，徇私舞弊者有之……这些，都曾使他们陷入深深的困惑，陷入消极沉闷之中。现在，在延安，他们看到了共产党圣洁的历史，这是一个新鲜的、健康的、生机勃勃的政党。这样的党，是有号召力的，是得到人民群众衷心拥护的。

当年共产党偏居一隅，都能够一举拿下全中国，这个他们以前觉得不可思议的奇迹，在延安，他们找到了最根本的答案。

得民心者得天下。

在这里，大学生们听到许多当年人民群众拥护爱戴仁义之师的故事。

青化砭战役打响前，西北野战军主力两万余人，在离敌人仅仅六七公里的地方设埋伏两天，竟然未被敌人察觉。如果没有当地老百姓的密切配合，那是根本不可想象的。

在这里，大学生们还听到了这样一件事。

1945 年 8 月，毛泽东、周恩来要去重庆与国民党谈判。消息传开，群众纷纷赶来，一再请求毛泽东不要去。

陪同的国民党高级将领张治中，目睹这种情景，感慨地说："延安军民对党的领袖最大的关切，真叫人感动。"几年之后，这位将领又去北京与共产党谈判，并一去不归，弃暗投明，也许就是当年种下的契机吧。

一桩桩，一件件，令大学生们感动不已。他们目睹了一个伟大的时代，看到了一个伟大的党，一种伟大的事业。

这个党，这个事业，具有那样强大的感召力、吸引力。进步青年学生们抛开优越的生活，从国统区跑来了；海外华侨青年，远渡重洋赶来了；优秀的外科大夫白求恩、柯棣华也万里迢迢，从大洋彼岸赶来了。

仅 1938 年 5 月到 8 月，经西安"八路军办事处"介绍来到延安的青年，就达 2388 人。有一批上海青年，历时 13 个月，行程 10000 多公里，冲破重重阻隔，来到延安。百川归海，无数进步青年，向往延安，奔向延安，一轮火红的太阳，将从延安升起。

"黄河之滨，集合着一群中华民族优秀的子孙""夕阳辉耀着山头的塔影，月色映照着河边的流萤……啊，延安，你这庄严雄伟的古城……"

"风在吼，马在叫，黄河在咆哮，黄河在咆哮……"

那风云激荡、雄伟壮阔的时代，令年轻的大学生们无限向往。

延安革命烈士陵园，苍松翠柏环绕，异常静谧肃穆。这里，长眠着空难中牺牲的叶挺、王若飞烈士。

大学生们打着红旗，抬着花圈，怀着一腔敬仰之情，来到这里，随着讲解员深情激动的语调，他们被深深地感动了。

无产阶级革命家王若飞，面对敌人严刑拷打和百般利诱，坚贞不屈，大义凛然。他面对屠刀，昂首挺立："我生为真理生，死为真理死，除了真理，没有我自己的东西。如果今天，我能为真理，为广大的劳动者而死，我就会含笑以赴。"

北伐名将叶挺，身陷囹圄五年之久，在敌人的威逼利诱面前，其志不改。出狱后，他所做的第一件事，就是致电党中央请求重新入党，电文说："毛泽东同志转中国共产党中央委员会，我已于昨日出狱。我决心实行我多年的愿望，加入伟大的中国共产党，在你们的领导下，为中国人民的解放贡献我的一切……"

坚定的信仰，富贵不能淫、贫贱不能移、威武不能屈的高风亮节，感天地而泣鬼神，昭日月而贯长虹。

泪水，流满了年轻大学生们的脸颊，也冲洗着他们的心灵。他们缓缓举起右手，面对烈士英灵，庄严宣誓："继承先烈遗志，发扬延安精神，振兴中华，实现四化。"

烈士墓前，大学生们络绎不绝。

第四军医大学的学生们宣誓；

宁夏工学院的学生们宣誓；

西藏民族学院的学生们宣誓；

陕西省大学生延安精神讲习班的学生宣誓。

……

陵园的苍松翠柏看到了，洁白的墓碑看到了，四周的青山看到了。那些日子里，多少年轻的大学生们，在这里庄严地举起右臂，发出也许是他们有生以来最庄严的誓言。

西北轻工业学院的学生们来祭奠烈士墓时，正逢下雨天气，他们坐在自己带来的小马扎上，聆听着烈士们的英雄事迹。雨越下越大，学生们头发湿了，衣服湿了，仍然一动不动，任凭雨水和着泪水，流过他们的脸颊。

在这里，他们表现出了从来没有过的组织性和纪律性，谁说这些年轻人什么都不信？真正正义美好的精神，一样强烈地感召着他们。先烈们地下有知，该也是欣慰的吧。

离开烈士陵园后，学生们依然心潮难平，他们被深深地感动了。在西北轻工学院的考察团里，许多学生连夜写了入党申请书，食品系一位同学对带队老师说："叶挺的事迹使我整夜不能入睡。延安之行，成为我人生的转折点，我真正理解了延安精神的意义，我写申请书，申请入党。"

第四军医大学的红旗在延安街头飘过，西北轻工业学院的红旗在延安街头飘过，西藏民族学院的红旗在延安街头飘过，宁夏工学院、中国科学技术大学、南开大学、西南大学……数十个院校的红旗，在延安的土地上飘过。这红旗，吸引着延安人的目光，吸引着外来人的目光。

"走向太阳升起的地方"，青年军人手举的红旗，引来了一位两鬓斑白的老军人。这是大连军分区的马相时司令员，他当年曾经在延安战斗过，如今旧地重游，带着老伴，带着儿子。儿子也在念大学。

此行是为寻找当年足迹，更是为了让儿子接受延安精神的熏陶和教育。两代军人，在延安碰面了。虽说素不相识，但一样的绿军装，一样的领章帽徽，一样的延安梦，两代人的手，紧紧地握在了一起。司令员为他们讲战斗故事，讲革命传统，讲延安精神。年轻的军人们，向老一辈敞开了心扉。司令员的老伴，原来也是第四军医大学毕业的。新老校友相见，更多了一层话题。

他们以军人的方式，纪念这难忘的会面。年轻的军人，站成整齐的一列，举手敬礼，请司令员检阅他们的队伍。虽只是九个人的一列，依然像千军万马一样正规。这也许是世界上最小的阅兵式，但它却具有深刻的象征意义。

"走向太阳升起的地方"，也引起了更多人的注意。比利时共产党左翼联盟考察团正在延安考察，他们指着旗子，竖起大拇指："Good Chinese young men！"（中国青年好样的！）

一路啃馒头、喝开水来到延安的这支九人小分队，在延安五天，每天每人一元五角的伙食费。一元五角，仅仅是一碗面条的价格。他们住在军分区招待所，这里伙食较外面便宜，但在主食之外，也只能是一盘素菜加点咸菜而已。每到吃饭，大家你推我让，谁都不肯往菜盘里伸筷子。这帮从不知"苦"为何物的大学生们，在有意识地自讨苦吃。不是矫情只想亲身体验一下艰苦。他们意识到，年轻人如果一点不识"苦"滋味，那是很难真正长大的。

为了更深入地了解延安，为老区人民做点力所能及的事情，他们高举红旗，步行到当年大生产的基地南泥湾，为那里的老乡查病、看病。这些未来的军医们，像真正的大夫那样，挂起听诊器，为老乡诊病。他们把随身携带的药品开给病人。在回程的路上，他们又进行了夜行军，从路旁挖来苦苦菜野炊。他们是大学生，他们又是军人，他们要好好地利用这弥足珍贵的时间，在延安的土地上锻炼自己。

一支浩浩荡荡的学生队伍来到了南泥湾。这是西北轻工业学院的大队人马。

在延安参观学习几天之后，他们来到这里，这是学院党委预先安排好的。他们要求学生们与当地农民同吃同住同劳动，让学生们更深入地了解社会，了解老区人民。

南泥湾，这个在当年大生产运动中被开发出来的"陕北的好江南"，在共产党的创业史上有着辉煌的一页。

1990 年夏季的一天，这里忽然热闹起来。当地的老乡们，像当年迎接八路军一样，腾窑洞，扫院子，迎接西北轻工业学院的 498 名师生的到来。他们把上房让出来，把土炕烧得不冷不烫，铺上崭新的羊毛毡。刚结婚不久的小两口也把新房腾出来，给学生们住。498 名师生，撒满了这小小的陕北小镇。

绿草茵茵的山坡上，大学生们手执羊鞭，和羊把式一起随着羊群翻过一山又一山。

田野里，大学生和农民一起挥动铁锹镐头，干得汗流满面。

农家小院里，大学生和老乡团团围坐着剥玉米。

他们坐在一起，感到彼此的心一下挨得那样近。

三天，时间不长，这些从大城市来的青年们，感到他们更深地了解了老区，了解了社会，了解了人民。

三天里，留给他们多少永远难忘的记忆。

机械系的成卫军不会忘记，刚到南泥湾时，看着围在队伍旁边的那些脏兮兮的小孩，真不愿意在老乡家吃饭。可一旦等大家吃完饭再见面时，全都有说有笑，老乡们的热情融化了他们。

造纸系的陈峰不会忘记，老乡们吃玉米面糊糊，吃土豆煮辣椒，却借来白面，为学生蒸馒头，做面条。

机械系的宋凤梅不会忘记，当同学生病的时候，七十多岁的老大爷拄着拐棍，步行十多里买来西红柿、黄瓜给学生吃。

机械系的郭学峰更加不会忘记，他住在马场村一个党支部书记家里，这是个老支书了，胡宗南进攻延安时他就带领群众和敌人斗争了。如今，革命胜利多少年了，这个为革命战斗了一辈子的人，却仍然家徒四壁，两个被岁月熏炙发黑的红木柜，几床破棉被，就是全部财产了。前几年，老支书得肝癌死了，党组织给了两千多元的抚恤金，他老伴却只收下八十元，作为丧葬费，余下的全部退了回去。

……

一桩桩，一件件，触动着大学生们的心灵。质朴、善良、勤劳、克己，这些中华民族传统的美德，如金子般在老区人民的身上闪烁。老区的贫穷，中国经济的落后，使大学生们看到，现在远不是享受的时候。20世纪90年代的大学生们，重任在肩，不能身在福中不知福。老区的艰苦，使大学生们反省。中华民族传统的文化和美德，在商品经济发达的今天，不应该被丢掉。大学生们在思索。

机械系一位学生说："我从小在城市长大，出生在干部家庭。我从来没喝过玉米面糊糊，可是在南泥湾我喝了三天，吃的是清水煮土豆，现在想起来在学校扔馒头、倒米饭，心里很羞愧，觉得对不起老区人民。"

何树举同学说："在三如庄推着石碾为老乡磨玉米的时候，一种沉甸甸的感受猛烈地敲打着我年轻的胸腔，心房激起的波浪堵塞了我的喉咙……南泥湾需要力量，需要推动生产力发展的巨大科技力量；黄土地需要耕耘，需要肩负历史使命的大学生为她的富强而耕耘。九百六十多万平方公里的土地上，有多少地方在等着我们，有多少人民在期待着我们去劳动、去工作，为民族的富强而奉献出自己的聪明才智；而在奉献中，我们也将实现大学生的价值，人生的价值。"

有的学生在总结中写道："三天的劳动生活，使我长大了许多。不珍惜学校的学习环境，有愧于革命先烈，有愧于老区人民。不与老区人民实行三同，怎知劳动的艰辛，哪晓得一滴水来之不易，哪知道干成一件事那么难。我要从梦幻中走出来，用劳动换取四化大业，把知识奉献给养育我们的黄土地。"

回到学校以后，参加延安考察团的同学拿到一个问卷，问大家对延安之行是否满意，回答是一致的——"非常满意。"

院党委宣传部张部长对我们讲，他们有个打算，准备把南泥湾作为长期的教学联系点，使所有的学生在校期间都能去一次延安和南泥湾。到那里接受延安精神和革命传统教育，以使学生们更加健康地成长。

实际上，就是在前些年延安遭受冷落的时期，依然有这样的大学，把延安作为教学基地，每年都要组织师生到延安去。

西藏民族学院是这样，上海大学是这样，解放军政治学院更是这样。这个以培养在职军官为主的指挥院校，多年来，把延安作为一个教学点，有教员，有教室，有一整套关于延安精神的教材。当我们从电视上看到他们拍摄的电视政论片《永恒的精神》时，那翔实的历史资料，珍贵的历史镜头，精彩的解说词，一下子深深地吸引了我们。

在政治学院的电教中心，党史教研室教员，《永恒的精神》撰稿人之一张永葆向我们介绍了几年来学院对延安教学的情况。院党委遵照邓小平同志一定要恢复和发扬延安精神的教导，建校之初，在经费紧张的情况下，拨款30万元，在延安建造了2600平方米的窑洞式楼房，作为延安教学的基地。迄今，已先后组织了30批10000多名学员赴延安进行实地教学。接受过延安精神教育的历届学员们，当他们在老山前线浴血奋战时，当他们在日常工作中，延安精神常常激励着他们。

在学院为我们组织的座谈会上，来自全国各地的学员们激动地倾诉了他们对延安的感受。

一区队长梁栋高屋建瓴地说，延安精神是宝贵的精神财富，党的建设，四化大业的实现，离不了延安精神。

驻地在广东潮州的七班长刘树旺，当他在延安的窑洞前肃然静立时，想起了那南国的灯红酒绿，那一掷千金的挥霍。延安之行，使他看到我们的祖国仍是落后的，贫穷的。任何奢侈、享受都是极不应该的，艰苦奋斗的延安精神在四化建设事业中至关重要。

从东北长春来的朱明誓说，这些年来，我们丢掉了很多好的东西。而抛掉了延安精神，就是抛掉了中华民族精神的精华。应该把延安精神作为武器，去纠正党风，使共产党变得更加纯洁，更加强大。

来自天津的王希明则表示，一个国家，一个民族，只有强盛了，才可能受人尊敬。因此，自强不息、奋斗不已的延安精神，是永不过时的。

……

这些来自新疆边防、云南前线、东北雪原、南海之滨的在职军官们，在他们的学校生活中，延安之行，使他们受到实际生动的教育，这将使他们终生难忘。相信在他们以后的工作生活中，延安精神将时时引导他们。

在大学生重新掀起的"延安热"中，陕西省有关部门以敏锐的眼光，注意到了这一令人欣喜的现象，及时进行了组织和领导。1990 年暑期，由省团委、省教育厅、省教工委组织，由 48 所高校 105 名团干部和优秀学生组成的"陕西省大学生延安精神讲习班"在延安开学。

讲习班上，学员们参观革命旧址，瞻仰烈士陵园，请老红军讲传统，并请来专家教授进行专题讲座。

延安大学副教授郭必选，多年来，把延安精神作为专门的方向来研究。他著书立说，大声呼吁。

1990年暑期，是郭必选副教授最繁忙的一个夏天。白天晚上，他常常脚踏自行车，到学校，到宾馆，到礼堂去讲课。听者有本地的，有外来的，更多的是来自全国各地的大学生们。长长的礼堂里坐得黑压压一片，窗台上、门口外，也挤满了人，看着眼前一双双年轻热情的眼睛，他感到由衷的欣慰。作为一个大学教授，这种场面，他并不陌生，但在今天，它却另有一番特殊的意义。近些年来，他身在学校，看到一阵阵的西方思想如潮水般在学生们中涌来涌去，萨特热、尼采热、弗洛伊德热……种种热潮，显示着一代青年的茫然。

眼看着这些，他焦急，他不解，我们守着那样博大精深的精神财富，却视而不见，偏要去寻找那些未必符合我国国情的东西，身在宝山不识宝哇。他相信，是瑰宝，最终不会被埋没。而延安精神，就是产生于这块土地、植根于这块土地的瑰宝。多年来，他不顾冷落，把延安精神作为专门的方向来研究，在这个领域里，他心得颇多。

在"陕西省大学生延安精神讲习班"上，他一场报告，语惊四座，引起夏日急雨般的热烈掌声。

他认为，延安精神不是孤立的，它实际是马列主义、儒家文化和陕北文化融会贯通的结晶体。

"先天下之忧而忧，后天下之乐而乐"，是曾经镇守延安的北宋大文学家范仲淹的名句；"富贵不能淫，贫贱不能移，威武不能屈"的传统道德观念；陕北穷乡僻壤的困难环境，以及陕北民歌，口头文学所表现出的那种乐观向上的精神，被共产党人所接受、所升华，赋予了其新的时代精神和新的内涵。在特定时期，特定环境里形成了延安精神。正是这种精神，才使共产党取得了奇迹般的胜利，创立了一个新天地。延安精神，使共产党从延安走向了全中国。

......

　　郭必选教授旁征博引，字字珠玑，礼堂内外，鸦雀无声。四小时，人们随着讲课者游历了一个奇妙的世界。这里有高山流水，有鸟鸣清泉。这是一个使人们的心灵变得更加纯净的精神世界。从此，他们对延安精神有了更深入、更本质的了解，对这种伟大的精神的现实意义，也更加心悦诚服。

　　很遗憾，我们在延安采访期间，未能与郭教授会面。以上所引郭教授的观点，是从被采访者口中听到的，未必准确。但在我们采访对象中，凡听过郭教授的课者，都留下十分深刻的印象，使他们对延安精神有了更深入的了解。对此，我们想郭教授应该是欣慰的。

延安的思索

　　1990年10月23日，我们采访了共青团陕西省委副书记田晓光同志，他说：

　　"我们早已注意到了这个现象，无论是大学生自发还是有组织地去延安，都是一件可喜可贺的事情，是一件值得宣传和赞扬的大事件。

　　"延安精神，是马列主义与中国传统文化相结合的产物。是中国土生土长的东西，是符合中国国情的。青年学生，不单要学习延安精神，还应加强中国近代史、现代史的学习。工商学院外语系有一个学生，自小在西安长大，对'小米加步枪'这句话，他原来的解释是，那时候没有子弹，把小米加进步枪里去打仗。这也许是个极个别的例子，但也反映一部分学生历史知识的贫乏和学校教育中存在的问题。"

　　田晓光同志曾多次参加老区慰问团去延安，1990年暑假的"陕西省大学生延安精神讲习班"也是他组织带队的。他说，每次去延安，都受到一些教育。这里有革命传统的教育，也有传统文化和传统道德的教育；延安的人民群众，保留了很多中华民族的传统美德，而这些传统美德，正在被越来越多的人丢掉了。

作为一名省级团委书记，他希望青年学生们沿着正确的道路成长。他同时也感到，对延安精神，虽然中央领导一再号召，但并未引起足够的注意。目前社会上有法门寺学会、苏轼研讨会等，这些当然都是必要的。但对延安精神，也应该大张旗鼓地宣传，这对我们国家的经济建设和精神文明建设都有着极大的现实意义。

团省委正在做着这个工作。10 月 26 日，"西安高校学习延安精神演讲会"在陕西科技大学礼堂召开。从电视屏幕上，我们看到了陕西省电视台对演讲会实况转播。九名大学生走上讲坛，讲他们对延安精神的感受。

西北工业大学十系 1989 级研究生，西北工业大学 1990 年赴延安革命传统教育夏令营营员邹雪飞以朴素的语言说："我们提倡艰苦朴素、艰苦奋斗的延安精神，并不是要人们再去住窑洞、穿破衣。相反，我们是提倡人们用当年的延安精神去摆脱贫困，改变落后，过上更好的日子。"

西安交通大学的王芳用诗一般的语言大声呼吁："同学们，你该去走一走，你该去看一看，你在延安这块神奇的土地上走过了、看过了，我相信，你一定会对'天下兴亡，匹夫有责'这句古老的格言，产生新的理解……让我们继承这金子般闪光的精神财富吧。延安精神在过去造就了一代建立新中国的栋梁之材，那么，今天她一定也能哺育出一代振兴中华的青年大军。"

陕西师范大学的李瑞秦同学说："在延安，我碰到一位骑自行车跋涉数千里自费来延安的大学生。他说他在延安的每一天都被一种新的东西感动着、召唤着。他说：'找到了，我终于找到了！'"从他那激动的神情和明亮的眼神里，我感到了一种强烈的共鸣。是啊，我们找到了，找到了中华民族自强不息的灵魂，找到了一种震撼人心的精神力量！

此时此刻，我们才发觉，我们这一代青年，在本该属于我们的精神家园之外徘徊得的确太久了！

……

演讲会开得严肃而又热烈，洋溢着青春的气息。

演讲会外，更多的大学生们在思考。

陕西师大政教系的戴红燕同学，对延安进行了考察之后认为："任何一项伟大的事业的成功，总是要靠一部分最坚定、最忠诚的积极分子起组织、带头作用的。这些人是这项伟大事业的中流砥柱，没有他们任何事业都将半途而废。中国共产党是一支为共产主义事业毕生奋斗的最坚定、最忠诚的积极分子队伍。因此，在今天的社会主义现代化建设中，党的建设，党员的教育将显得极其重要。创业难，守业更难，党的健康成长是我们社会主义建设事业兴旺发达的保证。我们任何时候都要坚持党的领导，都不能放松对广大党员、干部的教育，要坚决反对那种'以党的建设要适应新时期的特点为借口而放松党的领导，否定党的领导的错误论调。'这次延安之行，最深刻的感受是：重整党风，重振党威，纯洁党性，发挥作用应该是我党目前情况下的一项极其重要迫切的工作。"

中文系的杨月智同学说："同学中普遍有一种无所适从的漠然与困惑。有的人躺在被窝里等待，有的人在谈情说爱中虚度时光……通过延安之行，我产生了一种莫名的负疚感，我们不了解这块土地，不了解这块土地上的人民，甚至可以说，我们不了解共产党。"

化学系的郭凤玲同学说："我从小接受的是爱党、爱国的教育，唱的是《没有共产党就没有新中国》《东方红》等歌曲。可是，随着年龄的增长，思想的变化，特别是前两年的社会现实和某些舆论的宣传，尤其是社会当中一些丑恶现象，少数腐败现象和软弱现象，使我陷入了深深的矛盾之中。我参加了今年的社会实践活动，看到了被人们誉为革命圣地的延安。在那里，我被那一幕幕的历史图景所吸引，无处不感到一种圣灵在浸泡着我。我被边区军民艰苦创业、自力更生的精神深深感动。面对此情此景，怎能不由衷地折服于中国共产党那特有的吸引人民、组织人民、克服困难、走向胜利的能力和气魄呢！我想，今天我们党一定能继承保持和发扬延安时期的那种精神，必将领导人民克服前进道路上的一切困难，建立一个高度文明、高度民主的社会主义强国。现在，我对中国共产党、对共产党人、对自己、对延安精神，都有了一个新的认识。不像以前，仅在感情上接受，而是从思想信仰上有了进一步的认识。"

以上这些有代表性地反映了大学生们去延安实地考察的感受。在我们采访过的学生中，程度不同地都受到了教育。他们加深了对共产党的认识，加深了对人民的感情，他们一致认为，延安精神是永不过时的！

接触这个时代的大学生，在我们也可以说是不多的，我们感到，他们是很可爱的，他们同样有着青年人的热血和激情，重要的在于正确的教育和引导。

在我们采访期间，欣闻陕西省委做出决定，把每年10月26日作为延安精神纪念日，并且得知延安精神研讨会已在西安和延安召开。在延安采访期间，我们看到来自各地的参观访问团络绎不绝地涌来，其中包括港澳同胞和外国友人。这是一个好势头，相信去过延安的人们，那份感受是难以忘怀的。

希望使中国共产党从弱小走向强大、从山沟走向全国的延安精神，能够发扬光大，从而使中华民族更加强盛发达。

六盘山上养路人

这里是红军走过的地方。

半个多世纪以前，中国工农红军，在这里翻越了长征途中的最后一座高山。

万里长征的组织者和领导者毛泽东，面对天高云淡，南归雁阵，沐长风而临秋色，以一个革命家的博大胸襟和他特有的非凡的浪漫主义情怀，吟唱出"六盘山上高峰，红旗漫卷西风"这气势磅礴的诗句，发出"不到长城非好汉"这金石之响的铮铮誓言。

往事已矣。中国革命翻过了万里长征那灿烂辉煌的一页。那笔走龙蛇的《清平乐·六盘山》诗碑，将穿越历史的烟尘，作为永久的纪念，屹立在这红军走过的地方。

往事未已矣。新的历史条件下更加艰巨的长征，正在中国九百六十多万平方公里的土地上进行。六盘山上，这红军走过的地方，一批进行新长征的人们，正在脚踏实地地工作，为新的征途开山铺路。

在离毛主席诗碑不远处，有一座建成不过两年的二层小楼。小楼里，住着全国"十佳道班"之一的宁夏六盘山和尚铺道班。十七位职工，包括班长、炊事员，还有四个年轻的姑娘。

他们养护管理着六盘山上十七公里的路段。

这里是联结宁夏、陕西、甘肃三省的交通要冲，是平银、西兰公路的交会点。每天，大车、小车，客车、货车，组成车的河，从这里流过，流向银川、西安、兰州，甚至北京、上海、新疆。经统计，这里日车流量竟达一千二百多车次。

这段公路，先天条件并不是很好，甚至可以说是很差的。按规定，一条公路建成后，用满九年就要大修一次。然后，每隔三年，大修一次，这条公路建成于1974年，距今已十七年整，由于资金紧张，由于种种原因，至今不曾大修过一次。

就是这样的客观条件，却保持了85%至90%的好路率，达到并超过好路率80%的部颁标准。在交通部举办的评比活动中，和尚铺道班榜上有名，成为全国"十佳道班"之一，这是非常不易的。在中国密如蛛网的公路网络中，有多少个道班？没有这方面的统计数字，只知道，凡有公路的地方，便有道址；只知道，小小一个宁夏，便分布着二百三十八个道班；而在中国版图上，宁夏，只是那大公鸡腹中的一个胆囊。

就是这小小宁夏最南端一隅的和尚铺道班，却戴上了"十佳"的桂冠。

荣誉的红花，是十七名职工用劳动的汗水浇灌的；"十佳"的桂冠，是十七名职工用辛勤的双手编织的。

不说那长年野外工作，三百六十五天的风霜雪雨；也不说那搬石铺路、挥镐舞锹的高强度劳动，更不说那一口干粮一口水的艰苦生活。这地处六盘山麓的道班，另有许多特别的难处。

六盘山，虽没有"跃上葱茏四百旋"的高峭，却也是道路蛇行，攀叠多变，经六番盘转而至极顶。山陡，又多是风化石，稍经风吹雨淋，便会坍塌下来，阻塞公路。高山气候，偏又多风多雨。尤其每年五至八月间，气候更是瞬息万变。刚刚还是晴朗朗的天空，一阵乌云飘过，便有大雨倾盆。

不躲风，不避雨，道班的人们，愈是风雨愈要行动。

清理雨水冲刷下来的泥石，排走路面的积水，把路面被水泡软的地方，用泥土圈起一个小小的圆埂，这是对司机发出的报警信号。这一边是高山，一边是深沟的山间公路，临沟的一面被雨水泡软后，汽车一旦压上去，就有翻车的危险。

一天，已近午夜时分，一辆汽车来向道班告急，大雨造成塌方，路面堵塞，车辆受阻。

道班的人们，睡意顿消，穿上雨衣，拿起工具，走进密密的雨帘和浓重的黑夜，走向雨夜中的高山公路。当他们把路面清理完毕，欣喜地看着一辆辆汽车从眼前驶过，天色放晴，东方已露出第一抹曙光。

六盘山，海拔两千九百多米，高山气候，寒冷多雪。平原已是桃红柳绿的季节，这里还时见雪花飘零。冬季，更是雪的世界。每逢大雪天气，公路上积雪便有七八寸厚，风口处形成雪坎，达一人多高。

二层小楼里，暖意融融。守着通红的炉火，捧一杯热腾腾的茶水，该是多么惬意。可是这惬意不属于道班的人们。越是大雪，他们越是要坚守自己的岗位。

迎着肆虐的风，顶着纷飞的雪，他们一锹一锹地搬开一人多高的雪坎，铲掉七八寸厚的积雪。又一锹一锹地在路面上铺敷一层黄沙，以免汽车在雪地上打滑。

雨天上路，雪天上路，已成为和尚铺道班的一条规定。十七名职工，像侍候自己的孩子一样细心地侍候着国家交给他们的这十七公里路面。当来往司机坑坑洼洼地一路驶来，这十七公里路面使他们精神为之一振。他们按响喇叭，向路旁一身尘土、一身风霜的道班工人致意，向他们伸出胳膊，竖起大拇指。道班的人们感到，千种辛苦，万般艰难，一时间都得到了报偿。

如果这些对和尚铺道班伸大拇指的司机们，知道这十七公里使他们赏心悦目的公路，竟是十七年不曾大修过的超期服役的道路时，他们又该用什么方式表达自己的惊奇呢？

为了使这段本该大修两次，却因为没有条件一次也不曾大修过的道路保持良好状态，和尚铺道班的同志们除了日常细心维护，又想尽办法，给予尽可能的修修补补。

附近有一条早年的公路，如今已经废弃。路废了，路上铺的石子不废。道班的同志们抡起镐头，一镐一镐地，刨下废路上的表皮，又一块一块地，堆到熬沥青的大锅里，加上油渣，点起柴火。火舌舔着锅底，锅热了，柏油也熔化了。挥动大铲，左翻、右翻，一锅热腾腾的柏油石子炒好了。把这炒好的柏油石子铺到自己养护的路上去。于是该补的地方补了，该修的地方修了，又是平整光滑的好路面。

也可以不这样干。有多少钱，办多少事，谁又能说什么。没有哪个上级领导要求他们这样干。

可他们就这样干了。他们在平凡的岗位上，尽心尽力，他们在并非一流的条件下，创造了一流的工作成绩，是为"十佳"。

"十佳"道班，有一群优秀的职工，有一位优秀的班长。

班长刘秉义是自治区劳动模范，全国"五一劳动奖章"获得者，"全国优秀养路工"。

火车跑得快，全靠车头带。俗话不俗。

和尚铺道班这节小小的火车，正是在刘秉义这个火车头的带动下，风一程雨一程地奔向光荣的目标。

看看刘秉义那花白的头发吧。这个共和国的同龄人，四十二岁年纪，秋霜就过早地铺满了两鬓。

什么是兵头将尾？

任何漂亮的言辞都是多余的。打仗时，你要冲在最前边，哪怕面临的是火海刀山。工作中，你要比别人多吃三分苦，多受几分累。兵们，看的是你的行动。

刘秉义言谈木讷。他用行动，用一个班长、一个共产党员的模范带头作用，使道班的十六位职工心悦诚服。

一年三百六十五天，他迎着满天霞光，走在出工队伍的最前面。

风来了，他第一个走进漫天的沙尘里；

雨来了，他第一个冲进雨阵里；

雪来了，他又第一个消失在茫茫雪雾里。

是他，本着对工作极端负责，对党的事业高度忠诚的精神，以科学的态度，变废为宝，率先做起了用废旧路皮加工后修补道路的实验。

道班的同志们知道，为了当好这个班长，他忍受着怎样的痛苦，做了多大的努力。

刘秉义自 1969 年参加工作，一直在公路系统。常年野外作业，雪打雨淋，落下了严重的关节炎。而一口干粮一口水，饥一顿饱一顿热一顿冷一顿的无规律生活，又使他患上了严重的肠胃病。

关节炎犯时，他举步艰难，却依然蹒跚着脚步坚守在岗位上。胃疼，疼得他变颜失色，冷汗淋漓，他从怀里掏出那包炒过的食盐，冲一杯盐水喝下去，压住痉挛的肠胃。

刘秉义的心，牢牢拴在了道班，拴在了党和国家交给他负责的十七公里道路上。

1989 年的春节，留下节日值班的同志，职工们都回家过年去了，刘秉义也被大家连劝带撵地赶回家了。他们想节日这几天，车少，活也少，让班长安安心心地休息几天吧。

年初二清早，值班的工人被敲门声惊醒。打开门，刘秉义雪人似的站在面前。雪是初一晚间下起的，刘秉义一夜没睡稳，初二早晨五点钟他就离开了家，在漫天大雪中，翻越四十里大山，赶回道班。他和值班工人一起，踏上公路，扫冰雪，排险情，撒砂土，在大雪中开出一条通道。

1987年夏天，他的大女儿被汽车撞伤，断了一根肋骨，住进县医院。他这个当爸爸的，没陪过一天床，只是在星期天休息时去看一次，又匆匆赶回了道班。于是，女儿住了二十多天的医院，他那仍在山村当农民的妻子，每天往返二十多公里，奔波在山村到医院的山间小路上，直至女儿提前离开病床。女儿眼中央求的泪水，妻子脸上疲惫的神色，同室病友们的指责，针一样刺着刘秉义的心。他是共产党员，可他也是血肉之躯，也有儿女情长。但他将自己肩上的责任看得极为神圣，他绝不能因为自己的私事，而使党和国家交给他的十七公里路面出现哪怕一丁点的问题。

国家与个人，公事与私事，孰重孰轻，在刘秉义的心里，有一架党性的天平。

刘秉义是个班长，在他这个班里，有着严格的规章制度。让十六名职工紧紧地团结在这个班长周围的，更多的是靠着他的克己奉公，还有他对同志的一片赤诚之心。

老工人白学杰记得，他生病在家时，班长到病床边问长问短。他的儿子患肾结石，辗转多处医治，家中经济拮据不堪。又是班长，雪中送炭，拿出多年的积蓄，解了他的燃眉之急。当白学杰接过那几百元钱时，他掂出了那钱的分量——班长家在农村，一个人的工资要养活六口之家，这几百元钱，该是怎样省下来的。

青年工人余来利记得，刚来道班时，那繁重的劳动，艰苦的生活，曾使他望而却步。是班长，语重心长地讲，手把手地教，热心热肠地关心他。他变了，成了道班的骨干力量。后来，他被调到另一道班工作，可是三个月后，他硬是要求回到和尚铺道班。他离不开这个温暖的集体，离不开大哥哥一样对待他的班长。

道班里家在农村的同志都记得，每到农忙时节，班长让他们回乡帮助家里收庄稼，同样家在农村的班长，坚持留下来值班。却从他那本来就不多的工资里拿出钱来，雇人去收割自己家里的庄稼。

有这样的班长，人们怎能不心悦诚服？

有这样的班长，人们怎能不努力工作？

正因为有这样的班长，和尚铺道班的职工们任劳任怨，努力工作，创造出优良的工作成绩，把道班推上了"十佳"的光荣榜。

问刘秉义，为什么要这样做，回答十分简单："咱干养路工这一行，就要把路养好。守在红军走过的地方，不能让人笑话咱！"

采风日记

5 月 22 日

上午在七楼会议室举行"中国文联千名文艺家万里采风团宁夏分团出发式",自治区有关领导前来送行。

组织这样大规模的活动,多年来在文联还是第一次。

5 月 23 日

早 8 点,我们乘坐的大轿车准时离开银川,一路向南驶去,开始了为期一周的采风活动。

我们一分团是个综合团,成员有作家、演员、书画家共 34 人,加上两名电视台随团记者共 36 人。我们到"1236"工程将要经过的两地四县的工地和农村进行采风。

11 时抵中宁。旋即去参观固海扬水工程的泉眼山泵站。山名泉眼,其实无泉,只见一片乱石荒坡。倒是山下的泵站,由七星渠(多么美丽的名字)、高干渠,把黄河水提升到高高的坡地,使千古荒原变成了沃野良田。

固海扬水工程,于 1986 年建成。灌溉面积 62 万亩地,解决了 20 万人的饮水问题。使灌区内的农业生产条件得到根本改变，从山区搬迁农户2.5万户，12万人。这些深受干旱之苦的山民们，从此有水有粮，从世世代代的贫困中走了出来。固海扬水工程,是扬黄提灌的一次成功演试。

泵站旁那用汉白玉砌成的方尖塔，是这一工程的纪念。塔身镌刻着七个大字"千年黄河上高原"，在春日的阳光下闪闪发光。

下午去"1236"工程红寺堡一泵站工地。

11天前，我和谭书记、杨秘书长刚到过这里。那天，这里彩旗飘扬，鞭炮齐鸣，"宁夏扶贫扬黄灌溉工程奠基典礼"在这里举行，时任国务院副总理邹家华和时任全国政协副主席杨汝岱为这项跨世纪的工程铲下了第一锹土。今天，这里是另一番热闹景象：几辆大型挖土机地动山摇地轰响着，正在挖掘泵站的基坑，不远处两间草房，几顶帐篷，是工人们的住处了。

采风团的艺术家为工人们表演了秦腔、京剧清唱、男声独唱、宁夏坐唱、手风琴独奏。没有任何舞台设备，甚至连个坐处也没有，就那么面对面地，演员们为工人献上了自己的歌声。

下午，采风团与中宁县领导和县文艺界朋友一起，召开了"纪念毛泽东《在延安文艺座谈会上的讲话》发表54周年座谈会。"采风团团长、文联党组书记谭积洪及县领导讲话，"1236"工程有关负责人介绍工程情况。

晚间，书画家们为县里作画，其他人与县文艺界同行联欢。

5月24日

向同心县去。

途中访问河西区淌坊村。

这是一个吊庄移民点。十七年前，固海扬黄工程把黄河水引上这片干渴了千年的土地，几十户村民也随即从干旱到极点的喊叫水乡搬迁过来。他们拉着小毛驴车，他们的全部家当连个小小的毛驴车也装不满。他们携妇将雏，来到这片陌生的土地。开垦荒地，垒墙盖屋，在这片终于有了水的土地上一切从零开始。如今，十七年过去了，他们生活得怎么样了？

未进村，但见大片大片的麦田在和煦的春风里涌动着绿浪。进了村，是成排成行的白杨树。沿村道走进几户农家，农家的住房一概是瓷砖贴墙、瓷砖铺地的新屋。屋内有沙发，有带遥控的大彩电，有高级音响，和城里人家的摆设几无差别。而住房的宽阔敞亮却是城里人无法相比的。院子足有两亩地大，院角有栅栏，栏里有十几头大大小小的黄牛。主人讲，小黄牛养上不到半年便可出栏，每只可卖得五六百元钱。牛栏旁停着小手扶，是主人跑运输用的。这几户人家，有一家在村子里开着油坊，有一家开着碾房，还有一家的男主人外出做买卖。当然，首先是村外那大片的麦田，保障着每人二亩水浇地，这些都是农家的经济来源。

最让我羡慕的是那两亩大的院子，院子里种满苹果梨杏桃和一架一架绿茵茵的葡萄。满院的果树，渲染出满院浓浓的绿意与宁静，不时有一声两声鸟鸣自果林中传出。"赶明儿我要住到你们家来呢！"我握住女主人的手说，虽是玩笑，这安静祥和的田园生活倒真是我倾心已久的呢。

二十年前，我曾乘车从此处经过。那时这里遍地黄沙，满目荒凉。是黄河水，使这片千古荒原变成了绿野；是黄河水，使十七年前从喊叫水乡走来的连口甜水也没喝过的穷汉子们，变成了富足的庄稼人。

这神奇无比的水啊！

下午去王团乡大湾村。这是个躲在大山旮旯里的小村子。

这里没有一条小河，这里没有一条小溪，这里甚至没有哪怕一个小小的山泉。这里的人世世代代吃窖水——就是把天上落的雨水、雪水存在窖里，人畜的吃喝洗涮全靠它了。这里的人们自古以来只能靠天吃饭。这里的年平均降水量只有不到200毫米。这里十年九旱。眼下，是连续四年的大旱大荒之后，这已是第五个年头了，开春以来依然不见雨水。正是庄稼生长的季节，塬上却是燃烧过的灰烬般一片惨白。有星星点点的绿色，那就是山里人种下的庄稼了，指望这星星点点的庄稼能有怎样的收成呢？白花花的太阳照着白花花的地坪白花花的土崖，崖畔凿着黝黑的窑洞，这便是大湾人的居所。一盘土炕，一个灶台，炕上两床破被，灶台上一口铁锅，这便是一个家庭的全部家当。也有粮缸，却缸中空空，因为已经几年无粮可装；也有电线，却被剪掉了灯头，因为交不起电费。连年大旱，粮食绝产，颗粒无收，大湾人只能靠救济粮度日。青壮劳力大多外出抓发菜、挖甘草，另找生路去了，几个老汉、娃娃伴我们由村东走到村西。

马老汉，说是九十岁了，穿一件脏旧得辨不出本色的女式西服，腰里扎着草蒌子，头上一顶破草帽，诉说着山里人的艰辛。天不下雨，庄稼不成，缸里没粮，窖里没水，吃没吃的，喝没喝的，山里人活得孽障咧。老汉知道固海扬水，知道"1236"工程，老汉急切地盼望能早日搬下山去，搬到有水的地方："活了几十年了，能到个有水的地方，过几天好日子，也不枉一辈子，只怕是等不到那一天了！"

一个小女孩，自我们一进村便寸步不离地跟在左右。问她，叫尔舍，是经名吧？十岁了，小女孩圆圆的脸蛋，大大的眼睛，长长的睫毛扑闪扑闪的甚是可爱。秦腔演员马桂芬老师喜欢上了这个小姑娘，问她，可愿意跟奶奶到城里去学唱戏吗？小姑娘抿着嘴唇不吭声，眼睛里却分明满是向往，马老师拉着她的小手往她家窑洞里去了。这小姑娘眉眼竟然长得很像马老师，也许这一老一少果然有缘？也许这真是小姑娘命运的一个转机？我们正为小姑娘庆幸时，马老师却一个人回来了。小姑娘的父母很高兴女儿能有这样一个机会，女儿其实也想，却是终于舍不得破窑洞里的妈妈、大大和奶奶。傻丫头啊，我为小姑娘惋惜。

看身边围着的孩子们，不论男娃女娃，全都大大的眼睛，高高的鼻梁，长得都很心疼（意为可爱）。问他们，却都没有上学，是啊，连吃的粮食都没有，哪来的钱读书。今天是星期六，城里的孩子们也许正在计划去吃肯德基还是去吃麦当劳，在讨论中国的巧克力和外国巧克力哪个味道更好。这里的孩子们却没钱读书，甚至没有粮吃，没有衣穿，甚至没有一点点水洗洗他们那脏兮兮的小脸。其实他们长得不比任何一个城里孩子差，也不比任何一个城里孩子笨。只是因为他们生在这个穷山沟，他们便只能脏着小脸，穿着破旧的衣服，喝着黑乎乎的也不知用什么东西搅成的面糊糊，维持最低限度的生存。

这里穷，是因为这里没有水，这是一片干渴得冒烟的土地，这是一片被遗忘的土地。我想起了喊叫水，这个地名令人触目惊心，让人想起仰首苍天、杜鹃啼血般的呼喊。那不是一个乡的喊叫，那是这一片土地对于水的喊叫。那是生命的呼喊，前些天，我写了散文《喊叫水》，此刻，站在这极度干旱的大湾村，站在这因为极度干旱而极度贫困的老老少少们中间，我不仅仅用笔，而是用我的心，与这里的乡亲们一起呼喊——水！水！水！

从大湾回来后，听丁玲县长介绍情况，在同心县，如大湾一样极度干旱极度贫困的乡村，遍布于这个县的大部分地区。

今天看了淌坊，看了大湾，两个村子，人是一样的人，相距也并不遥远，差别却无异于天上地下，这原因全在一个水字。水，它不但是农业的命脉，而且关系到人的生存与命运。我如大湾的村民一般盼望"1236"工程早日完成，盼望大湾的乡亲们能早日搬下山来。让马老汉们能种上二亩水浇田，让孩子们能洗净他们的小脸，坐进明亮的教室。

我急切地盼望着。

5 月 25 日

往固原。

途中去黑城八舍参观打井工地。用钻机打深井，这是南部山区抗旱的又一措施。自治区派出地质局打井队，兰州军区也提出"百井扶贫"的计划，派出给水团。军地两支钻井队目前已打成深水井 28 眼，待 200 眼深井全部完成，将在一定程度上缓解南部山区的旱情。这无疑是山区人民的一个福音。

采风团的演员为钻井工地的民工与村民们表演了节目。

中午抵固原。

下午参观开发区和固原火车站。

这是我第三次来固原了。第一次是在整整三十年前。那时，青石板铺就窄窄长长的街道，旧旧的青砖瓦房，墙根染着绿茸茸的青苔，屋顶长着瓦松。四道青石券顶的城门，一道比一道向城外低下去。一个古老的山城，让我想起小学时的一篇课文——这就是当年固原留给一个十几岁的中学生的印象。第二次来时，青石板不见了，城门不见了，长着瓦松青苔的青砖瓦房间或在一些地方穿插着。这次再看，固原已和山外任何一个城市没有什么区别了。

最重要的是，固原有了火车站，响起了火车的轰鸣声。中宝铁路从这里经过，不久将投入正式运行，为陇海铁路的西段列车分流。从北京、从上海、从成都开出的火车，将经宝鸡—固原—中卫驶往银川，驶往乌鲁木齐。固原，将成为连接中部与西部地区的重要通道。有一句话：要想富，先修路。如今，路已经修起来了，富裕还会再遥远吗？

中宝铁路的建成，将给固原地区的经济文化建设，带来不可估量的影响。

晚间，采风团与当地文艺界联欢，采风团的演员与当地秦腔剧团的演员们表演了节目。

5 月 26 日

上午去中河村。

地名带个"河"字，却也是严重缺水地区。家家院子里都有一个大铁桶，是储水用的。这里吃水要到一百里外的三营去运，一桶水要二十元，可用三天。这里比大湾稍好点的是，村子里外有一些杏树，田野里有稀稀疏疏的麦苗。

水，是南部山区人民共同的企盼。

返程看秦长城，参观固原博物馆。

下午与地县领导座谈，听情况介绍。

固原有着久远的历史，从新石器时期便有人类在这里活动。秦昭襄王时修筑了长城，自汉代这里便有了颇具规模的城池。固原历来是经济文化军事重镇，是古丝绸之路东段北线的必经之地，故史称固原"据八郡之肩背，绾三镇之要膂"。固原又是农耕文明与游牧文明的过渡带，是中原文化与西部文化的结合部。现在则处于西安、兰州、银川三个省会城市构成的三角带的中心，通达三省区，这是很好的枢纽位置。可是由于过于恶劣的自然条件，由于长期以来交通落后，这里一直被国家列为重点扶贫的三西地区之一。享受国家对"老少边穷"地区的优惠政策。近几年自治区制定了"南部放开"的战略，地区领导抓住机遇，出台了一系列改革发展的措施，使固原成为一个充满希望和寻求发展的地区。

如今，固海扬黄扩灌工程将会泽及这一片土地，"1236"工程完工后，这里将会出现大片的黄灌区水浇地，自然条件会因此大为改观。加上铁路已经贯通，固原，当会有一个辉煌的未来。

晚间，书画家们依然为当地写字作画。作家们去固原师专做文学讲座。赵孟祥说戏剧生动形象；肖川谈诗歌细致严谨；最是李唯讲小说时，他以他惯有的机智幽默，使阶梯教室里笑声掌声不断，气氛甚为活跃。

5月27日

早饭后离开固原，先往须弥山。

须弥山石窟，始建于北魏，兴盛于唐代。曾经荒芜了很多年头。如今，经过修葺，成为一个旅游景点。在固原地区，有六盘山，有秦长城，有泾河源头的老龙潭，还有忽必烈的行宫等，这些丰富的旅游资源，都将成为南部山区发展经济文化的重要内容。

自须弥山下来后，经同心、中宁，下午抵达中卫。

晚饭后与肖川等人去一位作者处，回宾馆时已近午夜，会议室里依然灯火通明。推门进去，见几位书画家正在展纸泼墨，写字作画。银川书画院院长沈德志正在画一幅泼墨山水；银川画院副院长刘均威在刚刚完成的画幅上写上西夏文字，然后钤上一方闲章；石嘴山文联主席姚家树本是擅长油画的，这次出来也拿起了毛笔宣纸。采风团特邀书法家、自治区消费者协会秘书长马学智把刚写就的一个条幅放在地上晾着；自治区书画院副院长柴建方站在宽宽的会议桌前，笔走龙蛇，颇有几分大将风度。这次出来，书画家们最是辛苦。白天，在工地，在麦田，在农家小院，他们展开画本，速写写生。每到一处，他们都要为当地留下书画作品，需求量大，他们每天晚上都要挥毫泼墨到十一二点。

5 月 28 日

上午先去迎水桥。据讲，这里将建成西北最大的铁路编组站。站在高高的桥上，看铁路从桥下横穿而过，想象着不久后将有一列列火车在这里分解组合，那该是蔚为壮观的吧。

然后去工兵团。走进礼堂，迎接我们的是暴风雨般的掌声，部队首长和采风团领导讲话后，是军民同台演出。

热烈的掌声，严整的军容，使我恍如回到二十几年前的军营生活。不过台上那亮锃锃的铜管乐队，战士们身着迷彩服，手拿硕大的拳击手套表演的太空舞都告诉我，毕竟是二十几年以后，部队的装备、战士的素质都比以前好多了、高多了。

几天来，这是第一次在舞台上演出，采风团里的马桂芬老师穿上了《婆媳湾》剧中人物的衣服。表演宁夏坐唱的徐明智、赵杰也换上了富有民族特色的演出服装。宁夏坐唱以地道的宁夏方言，幽默诙谐的说唱，赢得观众阵阵会心的笑声与掌声。马桂芬老师的秦腔悲凉柔美，音色清亮，加之她非常投入的表演，真是凄婉感人，催人泪下。"不愧是国家一级演员。"我暗暗赞叹。

同是国家一级演员的京剧须生李业德老先生，几天来在工地唱，在县里联欢会上唱，嗓音已略显喑哑，几句"今日痛饮庆功酒"博得了官兵们的热烈掌声。自治区歌舞团的尹博文，平时幽默风趣，走到哪里便把笑声带到哪里。此刻架着手风琴坐在台上，神情专注，严肃认真，与台下判若两人。而素常不苟言笑、文弱书生模样的吉千，随着音乐摆动起身体，从部队宣传队出来的这位歌唱家，一曲《说句心里话》唱得声情并茂，激情洋溢……

鸟在山林鱼在水，演员，天生是属于舞台的。然而目前，很多优秀的演员一年登不了几次台。他们的艺术才华、艺术青春就这样一年年白白地流逝了。外出几天，我看到其实人民需要艺术家，艺术家也需要人民，然而近些年这两者却似乎互相失散了，究竟是哪个环节出了问题？

今天还有一个特别吸引人的节目，就是米寿世的《小鸭子》。胖乎乎笑眯眯弥勒佛一般的摄影家，身体向前弯曲，双手向后乍起，一摇一摆地拽着鸭步唱道："嘎咕嘎、嘎咕嘎，我是一只小白鸭……"这憨态可掬、童稚可掬的儿童歌曲由年逾花甲的米老口中唱出来，顿时掌声响成一片。难怪摄影家如此忘情，因为他与这个团有着一段生死缘。二十年前，米老在黄河上采访拍摄时翻船落水，被激流冲出一千多米，是这支部队的战士从滔滔大河中把他救了上来。在这军民生死情谊面前，本就童心未泯的老摄影家怎能不坦出一颗赤子之心。

联欢会后，书画家们为解放军写字、作画。

5 月 29 日
返回银川。

6 月 3 日
上午采风团在三楼会议室总结。

外出一周，采风团的成员都成了朋友。分开五天，再见面时分外亲热。

这次采风非常成功，深入了生活，增强了与人民群众的感情，从生活中汲取了创作的养分。一周的实践，使大家看到，生活是创作的源泉，只有深入到生活中去，才有可能创作出受人民群众欢迎的文学艺术作品。希望文联以后能够经常组织一些类似的活动。

这是全体团员的共识。

卷三　序跋

天开文运西海固

在宁夏，我去得最多的地方，当数西海固了。十多年来，基本每年都要去一至两次，有时甚至是三次。

吸引我的注意的，牵着我的脚步的，不单是那里独特的山川地貌，也不单是那里积淀深厚的人文历史，更是那在穷乡僻壤间闪烁着耀眼光芒的文学之星——西海固作家群。在这片干旱贫瘠的土地上，在这样一个号称"苦甲天下"的深山之中，西海固作家群的出现，不能不说是一个奇迹。贫困的物质生活与丰富的精神生活形成强烈的对比，成为西海固一道独特的风景。

西海固作家群，作为一种文学现象，早已得到大家的认可，受到区内甚至全国文坛的关注。在一个地区如此密集地涌现出一群作家，在全国也是并不多见的。

西海固作家群，首先是人数众多。据不完全统计，这些年活跃的作家有二百多位。其次是作品多，也是据不完全统计，近五年来，发表在国内各类报刊上的作品有两千部之多，而且其中不乏优秀作品。在自治区历届文学评奖中，西海固作家的作品占了相当大的比例。而宁夏两位鲁迅文学奖得主石舒清和郭文斌，都是从西海固走出的作家。

来自西吉的了一容，也捧回了少数民族文学骏马奖和春天文学奖。在西海固的作家中，写小说的有古原、李方、火会亮、李义、杨友桐、马存贤、陈彭生……还有后起之秀马金莲；写诗歌的有王怀凌、单永珍、梦也、虎西山、冯雄、杨建虎、郭静……还有英年早逝的左侧统；更有钟正平、武淑莲、倪万军、马晓雁等一批时刻关注着西海固作家群，为西海固文学鼓与呼的评论家……

西海固的作家们，为宁夏文学奉献出一大批优秀的作品，他们是宁夏文学的中坚力量。可以毫不夸张地说，西海固文学撑起了宁夏文学的半壁江山。

西海固的作家们，坚守着文学的精神，他们守望着故乡，守望着这片精神的家园。他们对文学的热爱和坚守，令人肃然起敬。他们的刻苦与努力，使这里佳作迭出。

而来自领导的支持，也是西海固作家群得以形成的另一重要原因。"西海固文学研讨会""西海固诗会""西海固作家作品研讨会"……吸引着来自北京、上海、南京等全国各地的知名作家、诗人、学者、编辑家们，李敬泽、雷抒雁、叶延滨、韩作荣、叶广芩、毕飞宇、王占君、贺绍俊、冯敏、彭学明、叶梅、白烨、李建军……一时间，小小固原城里，群贤毕至，名家云集，盛况空前。讲座、交流、交谈，通向外界的大门打开了，走出去，遂成西海固作家群的必然。因而，西海固的作家，当永记既是领导又是朋友的市委和文联的历届领导们。

自身的努力，领导的支持，来自八方的引导，内外合力，上下同心，事怎能不成？

若干年前，与几位文友走湘西，见一个县城外的石山上，赫然镌刻着四个大字"天开文运"。

我把这几个字送给西海固，作为对西海固文学，对西海固作家群的祝福：

天开文运西海固。

西北大地上的文学绿荫

——《鲁迅文学奖宁夏作家自选集》序

　　20 世纪 80 年代初，改革开放的春风吹遍中国大地，大江南北，春风浩荡，春意盎然，中国进入了一个前所未有的新时代，中国的文学同样也出现前所未有的辉煌。一时间佳作迭出，群星璀璨，照亮了文学的天空。1980 年，改刊不久的《朔方》文学月刊发表了张贤亮的短篇小说《灵与肉》，旋即获全国优秀短篇小说奖（鲁迅文学奖的前身），紧接着由著名剧作家李准改编、著名导演谢晋拍摄成电影《牧马人》在全国放映。小说的情节并不复杂，主人公许灵均通过对自己一生艰难曲折道路的回顾，面对出国问题做出毅然抉择，他决定留在祖国的西北，他要在劳动人民中间继续汲取丰富的生活养分，从而完成了一次世界观的升华。老作家丁玲在读了《灵与肉》之后，非常诚挚地说："看得出作者大约是一个胸襟开阔而又很能体味人情和人生苦乐的人吧。"作品也因此被称为"一首爱国主义的赞歌"。

　　小说《灵与肉》的发表以及电影《牧马人》的上演，使人们知道了偏远的宁夏有一个张贤亮，更有很多人通过张贤亮知道了偏远的宁夏。20 世纪 50 年代，张贤亮因一首《大风歌》获咎，历尽人生的坎坷和磨难，之后更有长达二十余年的监役和牢狱之苦，真正是在清水里、血水里、碱水里泡过、浴过、煮过。但当历史一旦结束了它灾难的局面、翻开新的篇章之后，张贤亮便带着心灵的创伤和思想的成熟，令人惊异地出现在广大读者的视线里。自《灵与肉》之后，一发而不可收，紧接着是中篇小说《绿化树》《男人的一半是女人》，短篇小说《肖尔布拉克》，中篇小说《龙种》……这些作品一经发表，便立即得到好评，全国优秀中篇小说奖（也是鲁迅文学奖的前身）、《十月》文学奖、《小说月报》百花奖……张贤亮频频地捧回一本又一本获奖证书，被人们戏称为"获奖专业户"。著名评论家阎纲以《宁夏出了个张贤亮》为题，对他的作品给予了高度评价。他的创作从 20 世纪 80 年代开始，呈现出一种井喷状态，成为中国文坛上一位重量级的作家，其作品因在思想和艺术上的独特探索，一次又一次引起反响，影响波及世界文坛。无论是他的中短篇小说，还是他的长篇小说，所涉及的题材都是重大的，具有"与时俱进"的时代意义，而且，作家对此也有着深刻的反思：作为一个拥有资本家出身背景的知识分子，党的十一届三中全会后，他不仅得到平反，同时又成为改革开放的受惠者，于是，他用自己思索的充满智慧的大脑，自觉超越苦难的历程，在真理的天堂里寻找并试求解答国家和民族的命运，以此感恩祖国和人民。

张贤亮是一个创作态度十分严谨的作家，这源于他对生活的独特感情和个人的精神气质。也就是说，长期生活在底层，来自劳动人民的温馨、同情和怜悯以及劳动者粗犷的原始的内心美，给予他创作的最基本的情感因素。所有这些经过作家的不断过滤、提炼和升华，便唱出了一支支"夜莺般的歌""雄鹰般的歌"和"大风歌"。譬如他的中篇小说《绿化树》，作品描写的是知识分子章永璘曲折复杂的生活道路和坎坷命运，经过苦难的历程，章永璘终于变成了一个马克思主义的信仰者。这样的转变过程，其实就是一部唯物主义的启示录。作品既有西北大地浓烈的黄土气息，又有偏远高原农村朴素的风情画卷，同时通过人物关系的交织和变化，成功地塑造了知识分子章永璘、农村妇女马缨花等诸多鲜活生动的形象。尤其是大量精到传神的细节描写，使得作品丰盈充实、酣畅淋漓，既大气磅礴，又细致入微。《绿化树》因此获得全国优秀中篇小说奖，当属情理之中。

张贤亮的中短篇小说几乎每一篇都给人以沉甸甸的感觉，他的作品极少浮响肤辞。《男人的一半是女人》是张贤亮"唯物主义启示录"的又一部重头作品，小说通过章永璘和黄香久两个人的感情波澜，反映了他们命运的起伏。这部作品是新时期反思文学的代表作，而"男人的一半是女人"这句话，也因其深邃的内涵和富于哲理而广为流传。《早安！朋友》是张贤亮转变题材的一部开拓之作，小说以一位女中学生的真实日记作为原始素材，并在大量调查采访的基础上，真实而尖锐地展示了那个时期的中学生的心态以及他们对社会现实的思考、对前途理想的探求和青春期的性觉醒。这当然首先源于作家对现实生活独到的观察和认知，重要的还在于作家运用了更加严肃冷峻的现实主义创作手法。《肖尔布拉克》是张贤亮第三次获得全国优秀小说奖的作品，描写一个在新疆跑长途的汽车司机和一个上海女知青，他们偶然相遇又一路同行，在漫长而寂寞的旅途中相互倾诉和安慰，终于产生了依依不舍的感情。小说语言质朴无华，娓娓道来，虽然揭示了人性的美好和温暖，却令读者唏嘘不已，很具艺术感染力。张贤亮20世纪80年代的作品自觉而深刻地叙写了民间的喜怒哀乐，表达了底层劳动人民的善良和温情，也深刻地体现出了一个人道主义作家高尚的情怀、社会责任感和道德良心。

作为作家，张贤亮的意义还不仅仅如此。在当下中国的文学格局中，西部文学在全国已经或者正在确立自己的地位，也正在形成自己独特的意义系统。就西部作家的创作来看，是张贤亮等人奠定了西部文学的崇高地位；就宁夏的文学创作而言，张贤亮毕竟不仅是"一棵大树"，同时还是一个极具效应的鼓舞者和带动者。特别是宁夏青年作家的成长及这个群体的形成，张贤亮功不可没。

自从张贤亮连续三次获得全国优秀中短篇小说奖之后，在这个领域，出现了长达将近二十年的空白期。面对这样的状况，有人曾经不无调侃地说，是张贤亮拔掉了宁夏的风水。其实，就是在这许多年里，宁夏的青年作家们，凭借着新时期改革开放的浩荡东风，沐浴着文学春天的阳光和雨露，在张贤亮等老一辈作家的影响和带动下，像一棵棵幼苗开始在文学的土壤里复苏、发芽、成长，经过艰苦的跋涉和磨砺，终于形成了以石舒清、陈继明、金瓯等为代表的宁夏青年作家群，著名评论家李敬泽曾以《遥想远方——宁夏"三棵树"》为题，给予高度评价。2001 年，宁夏"三棵树"之一的石舒清，以其短篇小说《清水里的刀子》获得第二届鲁迅文学奖。

石舒清是一位土生土长的回族青年作家，20 世纪 60 年代出生于宁夏西海固的海原县。他的第一篇小说作品《回回故事》就发表在《朔方》上，至今已经有几百万字的作品面世。其短篇小说《清水里的刀子》获得鲁迅文学奖，不仅对他自己，而且对宁夏的文学界，同样有重要的意义和作用。这就是在沉寂多年之后，宁夏的作家终于"梅开二度"，又有人摘取了全国的最高文学奖。对于宁夏的青年作家们，是一次不小的震动和激励。

《清水里的刀子》的成功，不仅得力于它的主题的深刻和敏锐，也得力于小说氛围的营造和故事的推演。通过对特殊情境下人与物微妙心理的探幽考微，将老人马子善与一头即将赴死的牛之间的情感叙写得看似不动声色，实则惊心动魄。清水里静静地躺着一把寒光闪闪的刀子。作品蒙上了一层浓浓的宗教色彩，它告诉读者，它既是清洁的，也是神圣的。这篇小说的获奖以及在文学界产生的一定程度的冲击力，表明了石舒清在创作上的一次飞跃，给以西海固为创作母土的所谓"苦难文学"以洁净的精神内涵。

石舒清的小说创作大约在经历了初期那样一种拘谨和试探之后，用崭新的勇气和对日常生活的深度思考，开始了新一轮的冲刺，创作出了一批受到读者称赞的作品，如《虚日》《旱年》《农事诗》《果院》等，并且成了被各种选刊青睐的"大户"。其中的《农事诗》发表在《朔方》上，几经转载，产生了不小的影响。这篇作品描写的是西部农村日常劳动的一个片段，徐缓地记叙了农家生活的一幅恬淡的图画，就是将堆积的粪土拍碎后很均匀地撒到田里去，因为它过于日常，因而似乎显得单调。在劳动的过程中，寂寞之间偶有小小的喧闹，复又归于平静，却被作家叙述得感人至深。这显然是有着某种蕴蓄的，令人觉得这样一种代代相传的劳作，既近在眼前又恍若隔世，但生命的居所就是我们生生不息而又终其一生的土地，传达出一种静穆的情感，无疑包含着一种精神价值。这篇小说传导出来的信息，我以为同样有着"宗教般的虔诚"，只不过它较之《清水里的刀子》更加超脱了，更加清洁了，因而也更加富于诗意。

20 世纪 60 年代出生于宁夏西海固西吉县的郭文斌，与石舒清年龄相差无几，又来自山川相连、人文相近的同一个地区，大约他们身上的气息也是相同的。给人的感觉却是，郭文斌"出道"似乎晚了些，直到 2007 年他的短篇小说《吉祥如意》获得第四届鲁迅文学奖，才引起人们的关注。其实不然。郭文斌此前在很长一段时间内致力于散文创作，而且收获颇丰，譬如他的散文集《空信封》，譬如几次获得过全国性的散文大奖。郭文斌的小说创作大概始于21世纪之初，出手不凡。尤其是最近三年来，他发表的短篇小说几乎每一篇都被各种选刊转载，引起过不小的热评和争议。

作为从西海固农村走出来的作家，郭文斌自然也无法避免乡土对他的巨大影响。有所不同的是，他在书写自己熟悉的生活时，以空灵、简约、飘逸见长，使他的小说显得言简意丰、结构奇特，对人的生命价值进行着形而上的诗性追求。如《吉祥如意》，通过五月和六月两个孩子的视觉，运用端午节上山采艾的细节描写，将一种与大自然紧密相连的愉快、安详传递给了读者，同时也从一个独特的侧面反映出成长中的朦朦胧胧的伤感和无奈，展示了特定时代和特定环境中人们的生活理想和生存精神。郭文斌的小说大都采用童年视角展开叙述，这种手法的运用大约是为了避开成人世界的遮蔽，使小说的品格更为纯洁吧。

关于宁夏的文学尤其是宁夏青年作家群以及他们的创作，我还想多说几句话。

众所周知，宁夏的西海固因穷困甲天下，就物质生活而言，鲜有可道之处；但就精神生活来说，西海固又是一片可资文学创作的沃土。因为长期在宁夏文联以及《朔方》编辑部工作，我曾经而且至今仍然在致力于西海固文学和作家的发现、扶持和培养，主持编发了他们相当大的数量的作品（这也许是出版社让我为这套丛书作序的最重要的理由吧），内心始终处在一种感奋之中。我也曾经许多次到西海固，和那里的作者交流谈心，倾听他们的几多诉说，从生活到创作。和他们一样，我有时觉得欣慰，欣慰的是这片土地上的作家可以写出深情的作品；有时又觉得辛酸，辛酸的是同样是我们的父老乡亲，却在这样一片贫困的土地上终日劳作，物质的收获甚微。但是，他们生活得很清洁、很安详、很认真、很严肃，内心深处有一种"静"的力量。也许就是这种"静"的力量，终于催生了灿然的文学之花朵，向着大地和阳光绽放。

于是，这样一种现象和局面出现了：在宁夏青年作家群里，出自西海固的作家占了一半还要多。这绝不是偶然的，是厚积而发的必然结果。那么，继石舒清之后，郭文斌获得第四届鲁迅文学奖，应该是一个有力的佐证。

多少年来，我们对宁夏的认识形成了这样的概念：地处偏远的西北内陆，经济欠发达，社会发展滞后，尤其是西海固地区，以贫困落后和苦难而著称，等等。对于这样的现实，我们不仅不能回避，而且必须直面和接受。然而，正是在这样的土地上，却持续地生长出了一片文学之林，由"三棵树"到目前葱郁的树林，由寂静而芬芳，终于营植出一道亮丽的文学景观。由此看来，就文学创作乃至文化而言，比较一个地方的经济和社会发展，会出现某种不平衡的现象。为什么呢？与其特殊的历史和文化积淀，与其特殊的自然依存关系以及生命意识有关。其一，宁夏的作家大多出身农家，根植和成长于这片黄土地，对劳动者怀有深深的爱和同情，对生存的艰难有着非同一般的感悟，自然、乡土、生命三位一体。其二，与作家的心灵复杂程度有关，敏感、警觉、智慧，同时又是那么的本分、朴实、执着和坚韧。甚至包括对因为社会转型而产生的困惑，宁夏的作家都会表现出一种宽容，将此纳入自己独特的逻辑理解。其实，作家与他人的生活的常态上并没有什么太大的区别，区别在于自己独特的视角和深入的思索，对自己所生存的自然环境、社会境况以及心灵的不断审视和拷问。

正是宁夏这片充满神奇、积淀厚重的边塞大地，为宁夏文学的生长和繁荣提供了丰富的土壤，养育了几代作家，让一批又一批文学新人从这里满怀深情地出发，热烈地奔向文学的崇高殿堂，不断向世人奉献出植根大地的、夹带着泥土芳香的，同时又是关注社会、关注生命意义的精品力作。也有人说，宁夏作家的创作过于迷恋"苦难"，写苦难太多，写乡村太多，似乎有一个总是摆脱不掉的情结。这话虽然有一定的道理，但并不全面。宁夏的作家都以虔诚的姿态对待写作，因此在他们的文学叙述中更多地流露善意，少有疾恶如仇。自然、土地、人民、生命，这些足以令我们敬畏的内容，就成为他们书写的主要对象。在这个问题上，我更愿意赞同这样的看法：相对于那种缺乏真实感和现实感，表面上却又是绚丽的消极写作方式，宁夏作家的创作是诚恳的，是厚实的，尽管有一些沉重，却有着道德上的纯洁性。

他们不仅仅是在"出卖"西部的荒凉，而是在西部荒凉的表象下寻找人类精神的丰富性。

对上述三位获得全国优秀小说奖和鲁迅文学奖的宁夏作家以及他们的作品，我只是略作评价，蜻蜓点水式地进行一下梳理，给读者提供一个最基本的线索而已。

要想了解或者是真正理解一个作家，最有效的方法是阅读他们的作品。道理也许很简单，这就是，小说或其他文学作品带有作家的表情，这种表情其实是非常复杂的。当然，这种表情也只能从作家的作品中看得出来，上述三位作家也莫不如此。恰恰是这样的，因为他们各自的历史记忆、生活经验、生命感悟和言说方式的不同，又使得他们的作品呈现出各自不同的面貌。作为读者，我欣赏这样的小说，就是希望作品中真善美的东西像一盏灯、一把火，将所有的黑暗都驱赶走，让人性的光芒照亮天空和大地。

上述三位作家的小说作品，相信不会使读者感到失望的。

是为序。

江南塞北留诗魂

2014 年以来，宁夏文联以"塞上文艺名家书系"的形式，为宁夏的文艺名家分批出版诗文集，这真是一件功德无量的事。人走茶不凉，其情其意，令人感动。

《张贤亮诗词选》也在此书系内。

贤亮生前出了很多书，却独独在诗词一体上，只零星散见于报刊内。此次，把张贤亮的诗词结集出版，恰恰拾遗补阙，让读者能够更全面地了解张贤亮的创作。且配以悼念诗词和评论文章，更增加了本书的厚重感和丰富性。悼念诗词情真意切，评论文章见解精辟。此书的出版，当可慰藉贤亮在天之灵。作为家属，在此谨向文联领导，向文学艺术院付出辛勤劳动的诸位同仁，向所有撰文悼念贤亮的诸君，向精准评论张贤亮诗词的评论家，向喜欢张贤亮作品的广大读者们，一并表达最衷心的感谢！再谢！！

张贤亮近半个世纪的文学道路，自诗歌创作始，一首《大风歌》使他少有诗名；又因此诗而获罪，打入另册二十二年。复出后虽以小说、散文名世，细细品来，其作品却也都充满了诗的意味。晚年更归于诗词创作。较之《大风歌》，虽有现代诗与旧体诗之别，诗风也由神采飞扬转而沉郁从容，一颗诗心却是一贯的。成败萧何，贤亮一生的荣辱命运，都与诗歌紧紧相连。在他坠入人生最底层时，是诗歌一直托举着他的灵魂，张贤亮本质上其实一直是一个诗人。

如今，斯人已逝，唯有诗魂依然与世人同在。

我不敢言诗，在此，以几段分行文字，寄托对亡故之人的追思。

　　　　张郎意气唱大风，青春鼓荡气如虹。
　　　　土牢经年苦心志，筋骨炼就作铜声。

　　　　万人竞阅绿化树，一片爆响牧马人。
　　　　影城崛起荒凉上，百花争艳芳菲扬。

　　　　千年陨石天外来，张君岂是蓬蒿人。
　　　　遥望长空君归去，江南塞北留诗魂。

跋一

本人编辑生涯数十年，本职工作之暇余时间，偶有所得，将所见所闻，所思所感，写成散文或报告文学，分别在《人民日报》《人民文学》《文艺报》《十月》等报刊发表，并被《新华文摘》《散文选刊》《散文·海外版》等刊物转载。其中一些文章所写内容，非本人亲历亲见，乃是当时电视、报纸、广播等新闻媒体报道内容。如《喊叫水》《西北二题》等篇什所写干旱缺水、环境污染等情况，实是20世纪80年代末、90年代初出现的阶段性现象。

随着时间的推移，在党中央和各级政府的强有力的治理下，环境得到极大改善。如今祖国大地，天更蓝、水更清、山更绿。原本令我痛心疾首的环境污染已一去不返。听之闻之见之，甚是欣喜。因极度干旱而被国外专家们认定不适宜人类生存的宁夏西海固地区，多年来通过生态移民，植树造林，多措并举，原来的荒山秃岭已被茂密的林木覆盖，成为远近闻名的避暑之地。

借本书出版之际，感谢杨梓院长，感谢唐晴、王佐红两位社长。并对发表本书收录文章的那些或相识，或素未谋面的报纸和刊物的我的编辑同行们，表示衷心感谢。

跋二：梨花催白头，与人做嫁衣

杨　梓

为冯剑华老师的自选集作跋，是我莫大的荣耀。因为他们为宁夏的作家、诗人做了几十年的嫁衣，为宁夏文学的繁荣奉献了一腔的热血。

而冯老师应该出版一部散文集，我直到 2010 年底才意识到，真是越熟悉越容易忽视。《朔方》2011 年 1 期正值出刊 500 期，是具有纪念意义的一期。《朔方》一年才 12 期，我们谁还会再遇 500 期呢？冯老师就让大家写个文章，以示纪念。

于是，我梳理了一下在编辑部工作的一些往事，才想起冯老师只要看到谁出版了新书，谁发表了好作品，她就请评论家给写篇文章。才想起冯老师关注着别人的书，而她自己没有出版过一本书，尽管她业余创作的散文发表于《十月》《人民文学》《中国作家》等，被《散文选刊》《散文·海外版》《新华文摘》转载，收入《中国散文精品》等，荣获宁夏第五、第七届文艺评奖一等奖。

冯老师的散文，写得好是大家公认的。我这次系统校后是想写点感受，可我查到了几篇文章，只好作罢。

荆竹评论道：她的作品使我们从陈旧之中看到新生，在附俗中看到深致，在沉痛中感到欣慰，在轻松的会意之中引起深沉的思索……她在散文中无意于叙事，而是宁静、舒缓，着力于精神的张扬……她的散文体现出一种超越的意志，那是一种大江东去、决不回头的意志……冯剑华散文的语言简洁、空灵、淡雅、清澄、和谐、明朗，每个句子的色彩、色调、气味、音乐性都十分讲究。

李唯评论道：《邮包》写一个女孩子在"如花年龄"时，老是收到一个男孩子寄来的邮包，里面是书、画、水果糖、手帕、花生米。女孩子退回了邮包，只留下了那方手帕。"她一直说不清，当年，她为什么退回了邮包，却单单留下了那方手帕。"这一笔就叫作写得聪明，最聪明的写作就在于透与不透之间。接着，作者继续娓娓叙来，当这个女孩子年近不惑。作者只写道："……她才明白，年轻时，她曾经不经意地丢掉了什么。"这又是一笔不动声色的聪明。

玉儿评论道：《儿子弹琴我唱歌》直接取材于现实生活，描写了儿子学琴过程中的苦与乐。在表现情味时既细腻又蕴含，把浓郁的情感隐藏在朴素而简洁的字里行间，耐人寻味，是一篇熔情味、诗意和哲理于一炉的优秀散文。

2011 年，我到作协工作，就想为宁夏的老作家编辑出版选集。到文艺院后，我就将编辑出版"老作家丛书"之事向文联领导作了汇报，得到领导的大力肯定。

给冯老师编书倒也简单，她的作品主要是散文，还有部分纪实和序言，我只是分了个类，排个目录，就下到印刷厂了。所以要写个跋或者编后，还真不易，倒使人想起很多的往事。

远在 1988 年，我把一组散文诗寄给冯老师，也没有抱什么希望，因为我已放弃了散文诗而专心写诗。不久，《朔方》刊登了我的那组散文诗，排在"散文诗页"的头条位置。之后就和冯老师没有联系，一晃就过去了七年。

直到 1995 年，我在文联的楼道上碰到冯老师，在她的办公室坐了一会儿，她时任《朔方》副主编，我说我想来编辑部工作。她说好呀，编辑部正缺人手呢。两年后，我调进编辑部上班。想想冯老师当时那么痛快地同意调我，我一直想问原因，但至今没有张口。

1999 年，冯老师担任《朔方》常务副主编，我们回到"写什么的编什么"上来，我自然就成了诗歌编辑。我向国内主流的青年诗人约稿，并大组推出，把《朔方》诗歌水平提升到全国层面。同时大量刊发宁夏青年诗人的作品，尤其是一些上不了《朔方》的好诗，因此还得罪了前辈诗人。从 1999 到 2003 年，我责编的诗作成为《朔方》历史上被转载、入选及获奖最多的五年。这都因为冯老师让我负责诗歌栏目，对我编的诗作一路绿灯。

冯老师从常务副主编到主编期间，为了推出宁夏青年作家，数不清她推出多少个青年作家作品专号、市县作品专辑和个人作品专辑。尤其是以 5 至 6 期合刊形式推出的"宁夏青年作家作品专号"，在全国独树一帜，引起广泛关注，每期都有数篇作品被转载。数不清她请来多少位全国著名的作家、诗人、评论家和编辑家来宁讲学，并与宁夏青年作家广泛接触。数不清她主持召开过多少个笔会、座谈会和研讨会……

从 1999 年到 2009 年，宁夏文学取得了从"三棵树"到"文学林"的全国亮相，《朔方》创造了继推出张贤亮之后的第二次辉煌，先后荣获宁夏优秀期刊、一级期刊，中国期刊方阵双效期刊，国家期刊奖百种重点期刊，北方十佳期刊，新中国 60 年有影响力的期刊，《朔方》因而在全国报刊之中得以鹤立。是的，这十年宁夏文学的硕果，离不开冯老师一手的培育、浇灌、呵护。我参与了这一历程，深感荣幸。

记得 2004 年夏天，我到中卫参加宁夏新闻出版局召开的"全区审读工作会议"，会上宣布了全区社科期刊质量评定结果，《朔方》不仅是一级期刊，而且是八家一级期刊中的第一名。同行们知道我是《朔方》副主编之后，连酒都要多敬几杯，这使我真正感到了办好刊物的自豪。

而让我永远铭记在心的是冯老师给我"放假"。我自 1995 年开始创作《西夏史诗》，调到编辑部之后，写得断断续续。有一次冯老师跟我聊天，问起我的创作情况，我就如实说了，我说写史诗的难处很多，但最难的是刚进入状态就因事停滞了。于是，冯老师让我请创作假，实际上是她给我放了三次假，每次都有两三个月。2003 年夏天，我用两个月时间写了三千多行，基本完成了《西夏史诗》。当时都快写疯了，写白了双鬓，写出令我惊喜而恐惧的幻觉——不觉饥饿，不能入眠，眼前尽是晃动的人影，耳畔全是人嘶马啸。我便打电话约了几个朋友，请他们把我灌醉，睡上一天一夜。是啊，正因为冯老师对我创作的关心，《西夏史诗》方能顺利完成。

冯老师自 1974 年到《朔方》编辑部工作。三十年来，她是一个园丁，辛勤培育着宁夏的文学之林；她是一位大姐，小心呵护着宁夏的青年作家；她是一位家长，精心缝制着一件件华美的嫁衣。她把自己的青春、心血和才华毫无保留地奉献给了宁夏的文学事业。

冯老师退休后，我们常有联系。她手机用得不熟，不会储存通讯录，就给我打电话要谁谁的号。她现在进步不小，会看收到的短信了。她有时住在城里，有时住在华西村，有时一个人就游山玩水去了。时光如梭，又是一年，这使我更加要祝冯老师新年愉快，健康长寿，过得自在，玩得开心！